戦争にいったうま
［改訂版］

いしいゆみ　作
大庭賢哉　絵

静山社

もくじ

※本書《ほんしょ》は、手記《しゅき》『遠《とお》い嘶《いなな》き　軍馬《ぐんば》勝山号《かつやまごう》回想記《かいそうき》』（伊藤貢《いとうみつぎ》著《ちょ》）、『聖戦《せいせん》第一《だいいち》の殊勲馬《しゅくんば》勝山号《かつやまごう》』（小池政雄《こいけまさお》著《ちょ》）をはじめとする資料《しりょう》をもとに、児童《じどう》向《む》けに書《か》き起《お》こした作品《さくひん》です。一部《いちぶ》に事実《じじつ》と異《こと》なる部分《ぶぶん》や、作者《さくしゃ》の想像《そうぞう》、創作《そうさく》も含《ふく》まれます。

一　やってきた子馬《こうま》

よく晴《は》れた秋《あき》の日《ひ》のことでした。伊藤《いとう》マツさんの家《いえ》に子馬《こうま》がやってきました。

「馬《うま》っこ来《き》た！」

家族《かぞく》そろって飛《と》び出《だ》しました。

若者《わかもの》につれられて、まだ親《おや》からはなせないような子馬《こうま》が庭《にわ》に立《た》っています。

栗色《くりいろ》の毛《け》の子馬《こうま》です。目《め》と目《め》の間《あいだ》から鼻《はな》すじ、口《くち》まで真《ま》っ白《しろ》、右《みぎ》の後《うし》ろ足《あし》も真《ま》っ白《しろ》。くりっとしたかわいい目《め》。細《ほそ》い四本《ほん》の足《あし》をそろえて立《た》っています。

「お前《まえ》は、なんと行儀《ぎょうぎ》がよかんべ」

おばあさんは、すっかり気《き》にいっています。マツさんは、畑《はたけ》から、大豆《だいず》を引《ひ》きぬいて、子馬《こうま》の前《まえ》に差《さ》し出《だ》しました。子馬《こうま》はこりこりと食《た》べます。

「めんこいな（かわいいな）」

みんなは自分《じぶん》の顔《かお》をおぼえさせようと、交代《こうたい》で馬《うま》のブラッシングをします。子馬《こうま》は気持《きも》ち良《よ》さそうに目《め》を閉《と》じました。少《すこ》しも人《ひと》をこわがりません。厚《あつ》くわらを敷《し》きつめた薄暗《うすぐら》い馬小屋《うまごや》にも、すっと入《はい》っていきました。

「おらが馬《うま》っこの名前《なまえ》、つけたい！」

マツさんは、お父《とう》さんに言《い》います。

「まて、まて」

お父《とう》さんは、家《いえ》に入《はい》るとカバンから書類《しょるい》を取《と》り出《だ》しました。

「フランスの馬《うま》の血《ち》を受《う》けつぐ馬《うま》だぞ」

じまんそうに、今日来《きょうき》た子馬《こうま》の血統証明書《けっとうしょうめいしょ》を見《み》せてくれました。お母《かあ》さんがどんな馬《うま》かという馬籍謄本《ばせきとうほん》もあります。そこには子馬《こうま》の名前《なまえ》も書《か》いてありました。子馬《こうま》のお父《とう》さんと

「なんて名《な》だ？」

マツさんたちは思《おも》わず乗《の》り出《だ》します。お父《とう》さんがもったいぶって読《よ》みあげます。

「第《だい》3ランタンタン号《ごう》」

「えっ！」

みんなは笑《わら》ってしまいました。こんなに長《なが》い、しかも外国風《がいこくふう》の名前《なまえ》の馬《うま》など村《むら》にはいません。

おばあさんは、なかなか名前《なまえ》をおぼえられません。

「困《こま》ったな。名前《なまえ》を呼《よ》べねえべ」

結局《けっきょく》、ランタンと呼《よ》ぶようになりました。

夜《よる》、マツさんはそっと馬小屋《うまごや》に行《い》ってみました。

小屋《こや》のすみのほうで、子馬《こうま》は寝《ね》ていました。その姿《すがた》がかわいくて、思《おも》わず笑《わら》いがこみ上《あ》げます。

その夜《よる》、家族《かぞく》はかわるがわる馬小屋《うまごや》をのぞいていました。

一九三四年《ねん》（昭和《しょうわ》九年《ねん》）十月《がつ》、マツさんが八歳《さい》の時《とき》でした。

東北地方《とうほくちほう》の北東部《ほくとうぶ》の岩手県《いわてけん》。その南部《なんぶ》にある江刺郡岩谷堂町《えさしぐんいわやどうちょう》（現《げん》・奥州市江刺岩谷堂《おうしゅうしえさしいわやどう》）にマツさんの住《す》む家《いえ》がありました。百軒《けん》ほどある家《いえ》はほとんど農家《のうか》で、馬《うま》を飼《か》っていました。

機械《きかい》もあまりない時代《じだい》、あっても高《たか》くて買《か》えません。田《た》の土《つち》をおこしたり、荷物《にもつ》を運《はこ》んだり、力仕事《ちからしごと》の多《おお》い農作業《のうさぎょう》に、馬《うま》は大切《たいせつ》な働《はたら》き手《て》です。どこの家《いえ》でも馬《うま》は家族《かぞく》の一員《いちいん》で、マツさんの家《いえ》でも、ようやく馬《うま》を買《か》うことができたのです。

次《つぎ》の日《ひ》、マツさんは学校《がっこう》に行《い》くと、友《とも》だちにじまんしました。

「おらんちに馬《うま》っこ来《き》たんだ。めんこいぞ」

「なんて名《な》だ？」

「第三《だい》ランタンタン号《ごう》」

「変《へん》な名前《なまえ》！」

そう言《い》いながらも、さっそく学校《がっこう》の帰《かえ》りに友《とも》だちが見《み》にきました。

「あーちっこい！」

「細《ほそ》っちい！」

「めんこい！」

ランタンをかこんで大《おお》さわぎ。

「おらっちの馬《うま》っこの春山《はるやま》のほうが、でかいぞ！」

「おらんちの太郎丸《たろうまる》だって！」

「いまはちっこいけれど、すぐでかくなるんだって。いい馬《うま》になるんだ。な、ランタン」

マツさんがそう言《い》うと、ランタンは、まるでうなずくように頭《あたま》を上下《じょうげ》に動《うご》かします。

次《つぎ》の日《ひ》も、その次《つぎ》の日《ひ》も、マツさんは学校《がっこう》から帰《かえ》るとすぐに馬小屋《うまごや》をのぞきました。

ランタンがいると、うれしくなります。

「ランタンただいま」

学校《がっこう》であったことを話《はな》します。ランタンはいつもやさしい目《め》をして耳《みみ》をそばだてて聞《き》いてくれました。

一緒《いっしょ》に住《す》んでいる姪《めい》で二歳《さい》のユリ子《こ》さんも、ランタンが大好《だいす》きです。

おばあさんが、

「いいか、馬《うま》っこはこわがりだから、でけえ声出《こえだ》したりしてはいけんぞ。それに後《うし》ろから急《きゅう》に近《ちか》づくと、けとばされるから気《き》いつけるんだぞ」

と言《い》うと、ユリ子《こ》さんは真面目《まじめ》な顔《かお》をしてこくんとうなずきます。でもちょっと目《め》をはなすと、ユリ子《こ》さんは、すぐにランタンに走《はし》り寄《よ》ろうとします。それでもランタンはおどろくようすも見《み》せず、やさしい目《め》でじっとユリ子《こ》さんを見《み》ていました。

マツさんの家《いえ》は農家《のうか》でしたが、お父《とう》さんの新三郎《しんさぶろう》さんは、別《べつ》の仕事《しごと》をしていました。田畑《たはた》の仕事《しごと》は家族《かぞく》でやりましたが、マツさんのお兄《にい》さんの貢《みつぎ》さんがおもに受《う》け持《も》っていました。ランタンの世話《せわ》と、ランタンを使《つか》っての田《た》んぼ仕事《しごと》も、貢《みつぎ》さんが行《おこな》います。ちいさくてもランタンは、仕事《しごと》もすぐにおぼえるので、貢《みつぎ》さんは張《は》り切《き》って、いろいろなことをランタンに教《おし》えました。

ある朝《あさ》、田《た》んぼに出《で》かける貢《みつぎ》さんは、得意《とくい》そうな顔《かお》で、マツさんにそっと言《い》いました。

「今日《きょう》からは、仕事《しごと》が終《お》わったら、ランタンひとりでけえらせる（帰《かえ》らせる）から」

畑仕事《はたけしごと》のあと、ランタンがひとりで家《いえ》まで帰《かえ》れるように、訓練《くんれん》していたようです。

夕方《ゆうがた》、家《いえ》の手伝《てつだ》いをしていたマツさんは、ユリ子《こ》さんに声《こえ》をかけました。

「もうじきランタンがひとりでけえってくるよ。見《み》にいこう」

二人《ふたり》は手《て》をつないで庭《にわ》に出《で》ました。

マツさんの家《いえ》は少《すこ》し高《たか》いところにあります。木《き》の間《あいだ》から、ずうっと田《た》んぼが広《ひろ》がり、遠《とお》くのほうにはなだらかな山々《やまやま》が見《み》えました。

やがて夕焼《ゆうや》けがあたりを染《そ》めるころ、田《た》んぼの中《なか》の道《みち》を、子馬《こうま》だけが一頭歩《とうある》いてきました。誰《だれ》もつきそっていません。まわりの田《た》んぼで仕事《しごと》をしている人《ひと》たちが、おどろいたように振《ふ》り返《かえ》って見《み》ています。

川《かわ》で体《からだ》を洗《あら》ってもらったランタンは、貢《みつぎ》さんに先《さき》に帰《かえ》るように言《い》われ、ひとりでトコトコ歩《ある》いて帰《かえ》ってきたのです。栗色《くりいろ》の毛《け》が、夕日《ゆうひ》の中《なか》で金色《きんいろ》にかがやいているように見《み》えました。

庭《にわ》まで来《き》たランタンは、あとから帰《かえ》ってくる貢《みつぎ》さんを待《ま》っています。

「ランタン、ひとりでけえれで、さかしい（かしこい）な」

待《ま》ち受《う》けていたマツさんは、ランタンのくびすじをなでます。ユリ子《こ》さんもマツさんに抱《だ》いてもらって、小《ちい》さな手《て》でランタンのくびにさわります。

「タンタン、タンタン」

ランタンはいやがるようすもなく、やさしい目《め》をしてじっとしていました。

おとなしく人《ひと》なつこいランタンは、家族《かぞく》にかわいがられ、親類《しんるい》の人《ひと》たちにもかわいがられました。そのころは、外国風《がいこくふう》の名前《なまえ》がめずらしかったので、馬《うま》の検査場《けんさじょう》などで名前《なまえ》が大声《おおごえ》で呼《よ》ばれるたびに、どっと笑《わら》われ、ランタンはどこへ行《い》っても人気者《にんきもの》でした。

ランタンは、同《おな》じ年《とし》に生《う》まれたほかの馬《うま》より、小《ちい》さくてやせているので、マツさんたちは少《すこ》し心配《しんぱい》していました。まわりで飼《か》っている日本馬《にほんば》はたくましく太《ふと》って、どっしりしています。

おばあさんは、

「なーに、たんと食《く》って、いっぺえ運動《うんどう》せば、まんずでかくなる」

と言《い》います。

そのころ、馬《うま》に食《た》べさせる物《もの》といえば、米《こめ》ぬかをまぶした干《ほ》し草《くさ》でした。

ところがランタンは、そっぽを向《む》いて食《た》べません。米《こめ》のとぎ汁《じる》も残飯《ざんぱん》の煮汁《にじる》も飲《の》みません。

思《おも》い切《き》って値段《ねだん》の高《たか》い大豆《だいず》と大麦《おおむぎ》を与《あた》えてみました。

するとどんどん食《た》べるのです。

ランタンのためならしかたありません。

高《たか》い飼料《しりょう》にかえました。

大豆《だいず》と大麦《おおむぎ》をたくさん食《た》べたランタンは、二歳《さい》ごろから、だんだん体《からだ》も大《おお》きくなって、姿《すがた》も美《うつく》しくなってきました。貢《みつぎ》さんがせっせとブラッシングをするためか、体《からだ》もつやつやしています。

ある日《ひ》、運動《うんどう》にいった貢《みつぎ》さんとランタンが、なかなか帰《かえ》ってきません。帰《かえ》ってきたら薪《まき》を割《わ》ってもらおうと思《おも》っていたマツさんは、いらいらしながら待《ま》っていました。

ようやく帰《かえ》ってきた貢《みつぎ》さんは、服《ふく》が汚《よご》れて、髪《かみ》の毛《け》にも草《くさ》がついています。

「なした（どうした）だ？」マツさんは思《おも》わず聞《き》きました。

「ちょっとな、障害物《しょうがいぶつ》をとんでみただ」照《て》れくさそうに貢《みつぎ》さんは言《い》います。

「なして（どうして）？　なして？」

何度《なんど》も聞《き》くので、しかたなく貢《みつぎ》さんは、マッさんにこっそり話《はな》してくれました。

＊

いつもの野原《のはら》。

貢《みつぎ》さんは、林《はやし》から切《き》り出《だ》して置《お》いてあった丸太《まるた》を引《ひ》っ張《ぱ》り出《だ》したそうです。それを六十センチぐらいの高《たか》さのハードルのように組《く》み立《た》てました。ランタンに乗《の》ったまま、障害物《しょうがいぶつ》をとびこえてみたいと思《おも》ったそうです。

馬《うま》が障害物《しょうがいぶつ》をとぶのは、貢《みつぎ》さんも写真《しゃしん》で見《み》ただけです。でも、すらりと足《あし》がのびたランタンなら、障害物《しょうがいぶつ》など軽々《かるがる》とびこえられると、貢《みつぎ》さんは思《おも》いました。万《まん》が一《いち》、ランタンの足《あし》が丸太《まるた》に当《あ》たってもけがをしないように、横《よこ》にわたした丸太《まるた》はすぐに落《お》ちるように組《く》み立《た》てます。

貢《みつぎ》さんはドキドキしてランタンの背中《せなか》に乗《の》りました。

「ランタン、あの丸太《まるた》をとびこえるんだ」

合図《あいず》と同時《どうじ》に、ランタンは走《はし》りだしました。

そらとべ！

次《つぎ》の瞬間《しゅんかん》、ランタンは丸太《まるた》の直前《ちょくぜん》でぴたっと止《と》まりました。


どのくらいたったでしょうか。貢《みつぎ》さんの耳元《みみもと》に生《なま》あたたかい風《かぜ》が当《あ》たります。なんだろう？　貢《みつぎ》さんはボンヤリ目《め》を開《あ》けました。ランタンの顔《かお》がすぐ近《ちか》くにあります。風《かぜ》はランタンの鼻息《はないき》です。貢《みつぎ》さんは地面《じめん》に横《よこ》になっていました。

貢《みつぎ》さんは、ようやく何《なに》があったか思《おも》い出《だ》しました。ランタンが急《きゅう》に止《と》まったので、貢《みつぎ》さんは投《な》げ出《だ》されて地面《じめん》に落《お》ち、そのまま気《き》を失《うしな》っていたようです。

さいわい野原《のはら》には、草《くさ》が生《お》いしげっていました。貢《みつぎ》さんはおそるおそる体《からだ》を起《お》こします。大丈夫《だいじょうぶ》、ケガはしていません。

空《そら》を見上《みあ》げると、もう夕方《ゆうがた》です。一時間以上《じかんいじょう》気《き》を失《うしな》っていたのかもしれません。その間《あいだ》、ランタンはずっとそばをはなれずに顔《かお》を寄《よ》せていたのです。

貢《みつぎ》さんは思《おも》わずランタンの首《くび》にしがみつきました。

「あぁ、ランタン」

ランタンは安心《あんしん》したように、鼻面《はなづら》を押《お》しつけてきました。

＊

それで帰《かえ》るのがすっかり遅《おそ》くなってしまったのです。

マツさんはあきれるばかりでした。

二　変《か》えられた名前《なまえ》

ある日《ひ》、マツさんが学校《がっこう》から帰《かえ》ってくると、家《いえ》の中《なか》のようすがおかしいのです。いつも元気《げんき》なユリ子《こ》さんも、しょんぼりとすわっています。

「ランタンに馬匹徴発告知書《ばひつちょうはっこくちしょ》が来《き》ただよ」

お母《かあ》さんがちゃぶ台《だい》の上《うえ》を指《ゆび》さしながら、つらそうに言《い》いました。そこには、一通《つう》の書類《しょるい》がのっています。

「馬《うま》の召集令状《しょうしゅうれいじょう》だ。ランタンを戦争《せんそう》につれていくんだと」

「えっ、なして？　ランタンは田《た》んぼの仕事《しごと》をする馬《うま》だよ」

一九三七年《ねん》（昭和《しょうわ》十二年《ねん》）九月二日《がつふつか》のことでした。

そのころ日本《にほん》は、中国《ちゅうごく》と戦争《せんそう》を始《はじ》めていました。日本《にほん》の軍隊《ぐんたい》が中国《ちゅうごく》にいって戦《たたか》っていたのです。

マツさんは、学校《がっこう》で毎日《まいにち》、戦争《せんそう》の話《はなし》を聞《き》いていました。でも、それは遠《とお》い国《くに》のことのようでした。ランタンが戦争《せんそう》に行《い》くなんて考《かんが》えもしませんでした。

自動車《じどうしゃ》もあまりない時代《じだい》、その上《うえ》、中国《ちゅうごく》は広《ひろ》く道《みち》も悪《わる》く、馬《うま》は戦場《せんじょう》で必要《ひつよう》とされていました。

日本《にほん》は国《くに》をあげて、よい馬《うま》を育《そだ》てることをすすめていました。

農家《のうか》でも、農作業《のうさぎょう》をする馬《うま》とは別《べつ》に、子馬《こうま》を育《そだ》てている家《いえ》もありました。三年間育《ねんかんそだ》てあげ、軍馬《ぐんば》として売《う》るためです。軍馬《ぐんば》に選《えら》ばれて買《か》われていくことは、その家《いえ》にとっても名誉《めいよ》なことでした。百円《えん》ほどで買《か》った子馬《こうま》が、三年後《ねんご》、四百円《えん》で買《か》い上《あ》げられたのです（当時《とうじ》の公務員《こうむいん》の初任給《しょにんきゅう》は七十五円《えん》ぐらいでしたから、とてもよい収入《しゅうにゅう》でした）。

買《か》い上《あ》げられた馬《うま》は、さらにそこから、軍馬《ぐんば》として訓練《くんれん》されました。日露戦争《にちろせんそう》の時《とき》には相去村《あいさりむら》（現《げん》・金ケ崎町六原《かねがさきちょうろくはら》）にも、馬《うま》の訓練場《くんれんじょう》がありました。馬《うま》は大《おお》きな音《おと》がするとびっくりして暴《あば》れたり、走《はし》りだしたりしてしまいます。大砲《たいほう》の音《おと》や機関銃《きかんじゅう》の音《おと》にもおどろかないように、また、立《た》ったまま眠《ねむ》るように、馬《うま》たちは訓練《くんれん》され、それから戦場《せんじょう》へと送《おく》り出《だ》されていたのです。

しかし、戦争《せんそう》が長《なが》びくにつれ軍馬《ぐんば》が足《た》りなくなり、とうとう、ランタンのような農《のう》作業《さぎょう》をする馬《うま》まで集《あつ》めるというのです。訓練《くんれん》すらされないまま、戦場《せんじょう》に送《おく》り出《だ》されるのです。

「しかたないんだよ」

お母《かあ》さんは力《ちから》なく言《い》います。

軍馬《ぐんば》として集《あつ》められ、もどってきた馬《うま》はいませんでした。

マツさんは馬小屋《うまごや》に走《はし》り、ランタンの首《くび》にしがみつきます。

ランタンのあたたかい体《からだ》。ランタンは泣《な》いているマツさんを心配《しんぱい》するように肩《かた》にそっと鼻面《はなづら》を押《お》しつけてきました。

ランタンより少《すこ》し先《さき》に、マツさんの友《とも》だちのお父《とう》さんやお兄《にい》さんも、兵隊《へいたい》となって戦争《せんそう》に行《い》っていました。

マツさんは、駅《えき》に見送《みおく》りにいったときのことを思《おも》い出《だ》していました。

「バンザイ！」と大《おお》きな声《こえ》で叫《さけ》び、旗《はた》を振《ふ》って送《おく》り出《だ》します。列車《れっしゃ》が走《はし》りだしても、声《こえ》がかれるまで軍歌《ぐんか》を歌《うた》いました。

送《おく》り出《だ》す時《とき》は誇《ほこ》らしそうにしている家族《かぞく》も、陰《かげ》でこっそりと涙《なみだ》をふいていることも、マツさんは知《し》っていました。

どんなにいやでもつらくても、お国《くに》のために戦《たたか》いにゆくことは、名誉《めいよ》なことと言《い》わなければなりません。

令状《れいじょう》を受《う》けたランタンも、決《き》められた日《ひ》に、決《き》められた会場《かいじょう》へ、連《つ》れていかなければなりませんでした。

あと三日《みっか》。

その日《ひ》から家族《かぞく》は、ランタンからはなれられません。ランタンの好《す》きな大豆《だいず》と大麦《おおむぎ》をいつものように煮《に》て食《た》べさせたり、体《からだ》をさすったり、いつも誰《だれ》かがランタンのそばにいます。

マツさんも時間《じかん》のあるかぎり、ランタンに顔《かお》を寄《よ》せて、

「兵隊《へいたい》さんにかわいがられるんだよ」

「おらもランタンのこと忘《わす》れねえ、ランタンも忘《わす》れねえでな」

と、何度《なんど》も何度《なんど》も体《からだ》をさすります。

お兄《にい》さんの貢《みつぎ》さんは、ランタンの足《あし》に湿布《しっぷ》をしたり、いままで以上《いじょう》にていねいに体《からだ》をふいたりしていました。

おばあさんは、ランタンの耳元《みみもと》で話《はな》しかけます。

「戦場《せんじょう》さ行《い》っても、鉄砲玉《てっぽうだま》の来《こ》ないところにいるといいな」

こんなこと、よその人《ひと》に聞《き》かれると、たいへんです。たちまち非難《ひなん》されてしまいます。お国《くに》のために精《せい》いっぱい戦《たたか》って死《し》ぬことがよいことだとされていました。

九月五日《がついつか》。ランタンは、貢《みつぎ》さんにつきそわれて、検査場《けんさじょう》に向《む》かいました。

マツさんたち家族《かぞく》は、ランタンの姿《すがた》が見《み》えなくなっても、いつまでも庭《にわ》にたたずんでいました。

もう二度《にど》とランタンは帰《かえ》ってこないでしょう。

心《こころ》が引《ひ》き裂《さ》かれるような思《おも》いでした。

「タンタン、タンタン」

ユリ子《こ》さんは、ずうっと泣《な》いていました。

集《あつ》められた馬《うま》は、北上川河畔《きたかみがわかはん》（現《げん》・愛宕地区民《おだきちくみん》グラウンド）で検査《けんさ》を受《う》けます。検《けん》査場《さじょう》は馬《うま》と、つきそって来《き》た人《ひと》、見物人《けんぶつにん》とでにぎわっていました。

名前《なまえ》を呼《よ》ばれ、一頭《とう》ずつ係《かかり》の人《ひと》に連《つ》れられて前《まえ》に出《で》ます。

検査《けんさ》をする人《ひと》は、馬《うま》の歩《ある》く姿《すがた》や、体《からだ》をさわったりして、その場《ば》で、荷物《にもつ》を運《はこ》ぶ「駄《だ》馬《ば》」と、大砲《たいほう》などを運《はこ》ぶ車両《しゃりょう》を引《ひ》く「輓馬《ばんば》」と、兵士《へいし》を乗《の》せる「乗馬《じょうば》」とにわけるのです。

ランタンの番《ばん》になりました。

検査《けんさ》をする人《ひと》が、何度《なんど》もランタンを調《しら》べます。

そして「歩兵隊乗馬甲《ほへいたいじょうばこう》！」と大《おお》きな声《こえ》で言《い》いました。

そこにいた人《ひと》たちからざわめきがおこりました。

「歩兵隊乗馬甲《ほへいたいじょうばこう》」とは、軍隊《ぐんたい》の身分《みぶん》の高《たか》い人《ひと》が乗《の》る馬《うま》のことで、姿《すがた》の美《うつく》しい、すぐれた馬《うま》が選《えら》ばれるそうです。軍馬《ぐんば》としては一番《いちばん》の花形《はながた》です。

貢《みつぎ》さんはほこらしい気持《きも》ちでランタンを見《み》ていました。

検査《けんさ》の終《お》わったあと、百頭《とう》ほどの馬《うま》は、一列《れつ》に並《なら》んで十四キロはなれた黒沢尻停車《くろさわじりていしゃ》場《じょう》（現《げん》・北上市《きたかみし》）に向《む》かって歩《ある》きだしました。

暑《あつ》い日《ひ》でした。貢《みつぎ》さんも、一緒《いっしょ》についていきます。途中休憩《とちゅうきゅうけい》を取《と》りながら、ようやく黒沢尻停車場前《くろさわじりていしゃじょうまえ》に着《つ》きました。

馬《うま》は到着順《とうちゃくじゅん》に貨物列車《かもつれっしゃ》のほうに連《つ》れていかれます。貢《みつぎ》さんがついていけるのはここまでです。偶然《ぐうぜん》、いとこの政治《まさじ》さんが、貨車《かしゃ》の中《なか》に入《はい》ってランタンやほかの馬《うま》の世話《せわ》をする係《かかり》になっていました。

出発《しゅっぱつ》の時間《じかん》を待《ま》つ間《あいだ》、貢《みつぎ》さんは政治《まさじ》さんと、食堂《しょくどう》に入《はい》って食事《しょくじ》をしていました。

すると、

「ランタンの飼《か》い主《ぬし》はいないか？」

呼《よ》び出《だ》されました。

「はい、ここにいます」

「急《いそ》いでホームに行《い》ってくれ」

貢《みつぎ》さんはホームに走《はし》りました。

ホームでは、責任者《せきにんしゃ》がメガホンを振《ふ》り回《まわ》しています。

「どうしたんですか？」

「この馬《うま》は何《なに》をしても貨車《かしゃ》に入《はい》ろうとしない。入《い》り口《ぐち》で動《うご》かないのだ。これじゃあ、ほかの馬《うま》も入《い》れられない」

貨車《かしゃ》の入《い》り口《ぐち》にランタンがいます。四人《にん》の兵隊《へいたい》たちが、ランタンを動《うご》かそうとしていました。しかしランタンはびくともしません。

「急《いそ》いでいるんだ。あんたの馬《うま》なんだから、なんとかしてくれ」

責任者《せきにんしゃ》がメガホンでランタンをたたこうとします。

貢《みつぎ》さんは、急《いそ》いで、

「ちょっと待《ま》ってください。みなさん、さがってください」

貢《みつぎ》さんは、ランタンの首《くび》を抱《だ》きます。ランタンのあたたかい首《くび》、そして、

「オーラ、オーラ」

といつもと同《おな》じ声《こえ》をかけました。

すると、それまでびくともしなかったランタンが、貢《みつぎ》さんと一緒《いっしょ》に、すっと貨車《かしゃ》の中《なか》に入《はい》っていきました。まわりで見《み》ていた人《ひと》たちは、おどろいています。

貢《みつぎ》さんは思《おも》いました。そうだった、ランタンは、危険《きけん》を感《かん》じると、警戒《けいかい》して進《すす》まなくなるのだ。この貨車《かしゃ》に入《はい》ることは、危険《きけん》だと感《かん》じたのだ。だからほかの馬《うま》も入《い》れまいとして、自分《じぶん》も入《はい》ろうとしなかった。それなのに、おらが一緒《いっしょ》に行《い》くなら安心《あんしん》だと

思《おも》っているのだ。

貢《みつぎ》さんの心《こころ》の中《なか》に熱《あつ》いものがこみ上《あ》げてきました。

ランタンをこのまま連《つ》れて帰《かえ》りたい――。

やがて日《ひ》も暮《く》れ、七時過《じす》ぎ、馬《うま》を乗《の》せた長《なが》い貨物列車《かもつれっしゃ》が出発《しゅっぱつ》していきます。貢《みつぎ》さんは、ホームの柱《はしら》の陰《かげ》に立《た》っていつまでも見送《みおく》っていました。その手《て》にはランタンの体《からだ》のぬくもりが残《のこ》っていました。


ランタンたちを乗《の》せた貨物列車《かもつれっしゃ》は、翌日《よくじつ》の朝《あさ》三時《じ》ごろ、東京《とうきょう》の新宿貨物専用《しんじゅくかもつせんよう》ホームに着《つ》きました。同《おな》じ貨車《かしゃ》の中《なか》で、馬《うま》に水《みず》を与《あた》えたり、暴《あば》れたりしないように面倒《めんどう》を見《み》ていた政治《まさじ》さんの仕事《しごと》もここまでです。

「勝山号《かつやまごう》」という名札《なふだ》がついている杭《くい》に、ランタンがつながれました。政治《まさじ》さんは不《ふ》思議《しぎ》に思《おも》って、係《かかり》の兵隊《へいたい》に聞《き》いてみました。すると、

「軍馬《ぐんば》となってお国《くに》のために働《はたら》くので、ランタンタン号《ごう》は今日《きょう》からこの名前《なまえ》になりました」

「えっ、軍馬《ぐんば》になると名前《なまえ》を変《か》えられるのですか？」

初《はじ》めて知《し》りました。

政治《まさじ》さんはその名前《なまえ》を忘《わす》れないよう、しっかり胸《むね》にきざみました。


ランタンがいなくなってから、マツさんたちは、ランタンの話《はなし》ばかりしていました。貢《みつぎ》さんから聞《き》いた、貨車《かしゃ》に入《はい》るときの話《はなし》は、何度《なんど》聞《き》いても涙《なみだ》が出《で》ます。名前《なまえ》を変《か》えられたというのも、政治《まさじ》さんから聞《き》きました。

「なして軍馬《ぐんば》になると、名《な》を変《か》えるだ？」

マツさんにはわかりません。

「ランタンは新《あたら》しい自分《じぶん》の名《な》が、わかるべか？」

「さかしいから、すぐおぼえるべ」

夕方《ゆうがた》になるとユリ子《こ》さんは、「タンタン、タンタン」と言《い》ってマツさんを庭《にわ》にさそいます。ランタンをむかえにいこうと言《い》うのです。

「タンタンは、軍馬《ぐんば》になっただ。お国《くに》のために働《はたら》くんだ。もう帰《かえ》ってこないんだ」

言《い》うたびにさびしくなりました。

力仕事《ちからしごと》をしてくれるランタンがいなくなって、貢《みつぎ》さんの仕事《しごと》もたいへんになりました。まわりの農家《のうか》も、大切《たいせつ》な馬《うま》がいなくなって、人《ひと》の力《ちから》だけで田畑《たはた》の仕事《しごと》をしなければなりません。また、次々《つぎつぎ》に働《はたら》き手《て》である男《おとこ》の人《ひと》たちが、戦争《せんそう》に取《と》られ、あとには女《おんな》の人《ひと》と子《こ》どもだけが残《のこ》されました。

作物《さくもつ》もあまり取《と》れなくなりました。それなのに戦場《せんじょう》に送《おく》るための食料《しょくりょう》を多《おお》く出《だ》さなければなりません。食《た》べる物《もの》も、満足《まんぞく》にありませんでした。

朝《あさ》はヒエと麦《むぎ》めし、めの子《こ》（昆布《こんぶ》の粉《こな》）、キュウリづけ。昼《ひる》はふかした芋《いも》と生味噌《なまみそ》。夜《よる》はヒエのかゆ、菜《な》っ葉《ぱ》の汁《しる》。

野山《のやま》の雑草《ざっそう》も食《た》べました。誰《だれ》もがいつもおなかをすかせていました。

マツさんの家《いえ》でも、ランタンが徴発《ちょうはつ》（無理《むり》やり集《あつ》められた）された一年後《ねんご》、お兄《にい》さんの貢《みつぎ》さんが、兵隊《へいたい》になって中国《ちゅうごく》にわたっていきました。家《いえ》はますます貧《まず》しく、さびしくなりました。

三　戦場《せんじょう》へ

勝山号《かつやまごう》と名前《なまえ》を変《か》えられたランタンは、新宿《しんじゅく》に着《つ》いたあと、東京《とうきょう》の赤坂《あかさか》にある部隊《ぶたい》に入《い》れられました。そこで戦《たたか》いにいくための準備《じゅんび》をされました。

馬《うま》は活兵器《かつへいき》と呼《よ》ばれ、大切《たいせつ》にされました。二十四時間《じかん》、世話《せわ》をする当番兵《とうばんへい》がつきます。馬《うま》のお医者《いしゃ》さんの獣医《じゅうい》もいました。

当番《とうばん》になった兵隊《へいたい》は、朝《あさ》は自分《じぶん》の食事《しょくじ》の前《まえ》に馬《うま》にブラシをかけ、馬《うま》の調子《ちょうし》を調《しら》べ、えさを与《あた》えます。えさは大麦《おおむぎ》、干《ほ》し草《くさ》、わら、塩《しお》などです。当番兵《とうばんへい》は馬糞《ばふん》の始末《しまつ》もしなければなりません。ゆっくり自分《じぶん》の食事《しょくじ》もとることができません。

それでも、勝山号《かつやまごう》の世話《せわ》をする当番兵《とうばんへい》は、仲間《なかま》に言《い》いました。

「勝山号《かつやまごう》は、おとなしくていい馬《うま》だ。すぐに自分《じぶん》になついてくれたよ。この馬《うま》でよかった」

馬《うま》によっては乱暴《らんぼう》で当番兵《とうばんへい》をこまらせる馬《うま》もいました。こわごわ近《ちか》づく当番兵《とうばんへい》を、馬《うま》はバカにするのです。うっかり後《うし》ろにまわってけっとばされ、大《おお》けがをした人《ひと》や、かみつかれた人《ひと》もいます。人《ひと》よりも馬《うま》のほうが大切《たいせつ》にされていました。

赤坂《あかさか》の部隊《ぶたい》での短《みじか》い訓練《くんれん》のあと、勝山号《かつやまごう》たちは再《ふたた》び貨車《かしゃ》に乗《の》せられて、広島《ひろしま》に送《おく》られました。そこから船《ふね》に乗《の》って中国《ちゅうごく》にわたっていくのです。

馬《うま》を船《ふね》に乗《の》せるのも、簡単《かんたん》なことではありません。一頭《とう》ずつ、馬絡《ばらく》という大《おお》きな風呂敷《ふろしき》のようなもので腹《はら》の下《した》から包《つつ》み、そのままクレーンで高《たか》く上《あ》げ、船《ふね》の甲板《かんぱん》にある穴《あな》の中《なか》に下《お》ろします。さらに、馬《うま》は船《ふね》に酔《よ》いやすく、弱《よわ》りやすい動物《どうぶつ》です。

ガリガリ……ガリガリ……。

船底《ふなぞこ》で音《おと》がします。空気《くうき》の悪《わる》いせまい船底《ふなぞこ》で、馬《うま》が苦《くる》しがって水《みず》をほしがり、壁《かべ》をかじっているのです。でも、当番兵《とうばんへい》もどうすることもできません。兵隊《へいたい》たちも、ひどい船酔《ふなよ》いに苦《くる》しめられました。

やがて中国《ちゅうごく》に着《つ》きました。降《お》り立《た》ったところは、見《み》わたすかぎりどこまでも平《たい》らでした。雨《あめ》がふっています。二、三日前《にちまえ》まで、ここで日本軍《にほんぐん》と中国軍《ちゅうごくぐん》の激《はげ》しい戦《たたか》いがありました。あちこちに壊《こわ》れたものや、動物《どうぶつ》か人《ひと》かわからないものが散《ち》らばって、それにウジがわき、くさってひどいにおいがします。初《はじ》めて戦場《せんじょう》に来《き》た兵隊《へいたい》たちは、思《おも》わず目《め》をそむけました。

そこでまた二日《ふつか》ほど準備《じゅんび》をして、いよいよ出発《しゅっぱつ》です。

勝山号《かつやまごう》は部隊副官《ぶたいふくかん》を乗《の》せ、当番兵《とうばんへい》に引《ひ》かれて進《すす》んでいきます。

雨《あめ》がふる中《なか》をびしょぬれになり、泥沼《どろぬま》のような道《みち》を進《すす》んでいきました。歩《ある》くたびにひざまでうまります。

日《ひ》が暮《く》れると、兵隊《へいたい》は真《ま》っ暗《くら》な中《なか》を、はうように進《すす》みました。つかれたからといって、かってに休《やす》んだりすることはできません。黙々《もくもく》と隊列《たいれつ》はつづきます。

やがて夜《よる》が明《あ》けて明《あか》るくなってきました。

まわりは見《み》わたすかぎり綿畑《わたばたけ》です。中国兵《ちゅうごくへい》の姿《すがた》が見《み》えるところまできていました。

雨《あめ》はますます強《つよ》くふります。その中《なか》で激《はげ》しい戦《たたか》いが始《はじ》まりました。

「撃《う》て！」の合図《あいず》。初《はじ》めてのことに、兵隊《へいたい》たちはおそろしさで手《て》が震《ふる》え、うまく撃《う》てません。そうするうちに、飛《と》んできた弾丸《だんがん》に当《あ》たり、兵隊《へいたい》は次々《つぎつぎ》に倒《たお》れていきます。殺《ころ》さなければ殺《ころ》される。これが戦争《せんそう》なんだ。兵隊《へいたい》たちは思《おも》い知《し》るのでした。

苦《くる》しそうなうめき声《ごえ》があちこちでします。馬《うま》も弾丸《だんがん》に当《あ》たって倒《たお》れました。立《た》ち上《あ》がろうとしてもがき、また倒《たお》れます。手当《てあ》てができない重傷《じゅうしょう》の馬《うま》は、その場《ば》で殺処分《さつしょぶん》されました。

そのとき、勝山号《かつやまごう》と、部隊長《ぶたいちょう》の乗《の》るもう一頭《とう》の馬《うま》は、少《すこ》しはなれた竹《たけ》やぶの中《なか》につながれていました。

しばらくして兵隊《へいたい》がようすを見《み》にきました。

一頭倒《とうたお》れています。

「たいへんだ！」兵隊《へいたい》は急《いそ》いで近寄《ちかよ》ります。

倒《たお》れていたのは部隊長《ぶたいちょう》の乗《の》る馬《うま》でした。腹《はら》に二発《はつ》の弾丸《だんがん》が当《あ》たり、もうすでに冷《つめ》たくなっていました。

「もっと早《はや》く気《き》がついてやればよかった。苦《くる》しかっただろう。すまなかった」

その馬《うま》の当番兵《とうばんへい》は、冷《つめ》たくなった馬《うま》の体《からだ》にとりすがって泣《な》きながら謝《あやま》りました。

それから数時間後《すうじかんご》、勝山号《かつやまごう》に乗《の》っていた副官《ふくかん》の戦死《せんし》が伝《つた》えられました。勝山号《かつやまごう》は、部隊長《ぶたいちょう》の乗《の》る馬《うま》になりました。


後退《こうたい》していく中国軍《ちゅうごくぐん》を追《お》って、部隊《ぶたい》は進《すす》んでいきました。

馬《うま》は歩《ある》くと大量《たいりょう》の汗《あせ》をかきます。汗《あせ》をかくことによって、高《たか》くなりすぎる体温《たいおん》を下《さ》げるのです。寒《さむ》い中《なか》、その汗《あせ》を放《ほう》っておいたら、体《からだ》が動《うご》かなくなり病気《びょうき》になってしまいます。行進《こうしん》が休憩《きゅうけい》するたびに、当番兵《とうばんへい》は木《き》や枝《えだ》で馬《うま》の体《からだ》の汗《あせ》をかき取《と》り、布《ぬの》で体《からだ》をふきました。

また、飲《の》み水《みず》もたくさん必要《ひつよう》です。馬《うま》は水《みず》が不足《ふそく》すると、腹痛《ふくつう》を起《お》こして死《し》んでしまうからです。当番兵《とうばんへい》は水《みず》を探《さが》して、休《やす》む時間《じかん》もありません。水《みず》が足《た》りないと、当番《とうばん》兵同士《へいどうし》の取《と》り合《あ》いになります。時《とき》には兵隊《へいたい》たちの飲《の》む水《みず》さえなくなりました。

いつ中国兵《ちゅうごくへい》がおそってくるかわからない恐怖《きょうふ》、残《のこ》してきた家族《かぞく》の心配《しんぱい》、軍隊《ぐんたい》でのきびしい上下関係《じょうげかんけい》の息苦《いきぐる》しさ。なれない戦場《せんじょう》での生活《せいかつ》の中《なか》で、兵隊《へいたい》たちにとって馬《うま》とのふれあいは、心《こころ》をなぐさめられるものでした。

顔《かお》を腫《は》らした当番兵《とうばんへい》が、勝山号《かつやまごう》の体《からだ》をふいています。なんの理由《りゆう》もなく、上官《じょうかん》に顔《かお》をなぐられたのです。上官《じょうかん》に逆《さか》らうことはできません。痛《いた》さとくやしさ、みじめさに押《お》しつぶされそうになっても、戦場《せんじょう》では逃《に》げ場《ば》もありません。体《からだ》も心《こころ》もつかれきってしまいます。

「勝山号《かつやまごう》、気持《きも》ちいいか？」

勝山号《かつやまごう》は気持《きも》ちよさそうに、首《くび》を上《あ》げたり下《さ》げたりして喜《よろこ》びます。

あたたかい体《からだ》。やさしい目《め》。ささくれだった心《こころ》がいやされてゆきます。

「お前《まえ》がいるから、おれは生《い》きていけるよ」

当番兵《とうばんへい》はそっと話《はな》しかけるのでした。

雨《あめ》はふりつづき、聞《き》こえるのは、銃弾《じゅうだん》の音《おと》だけです。兵隊《へいたい》たちはぬかるんだ地面《じめん》にはいつくばって弾《たま》をさけ、また撃《う》ちます。

食《た》べる物《もの》も届《とど》かず、おなかをすかせた兵隊《へいたい》たちは、木《き》の根《ね》や草《くさ》も食《た》べました。たちまち下痢《げり》になります。薬《くすり》も着替《きが》える服《ふく》もありませんでした。

勝山号《かつやまごう》たち馬《うま》の食《た》べる物《もの》もありません。枯《か》れた草《くさ》を食《た》べます。

そんな中《なか》で、部隊長《ぶたいちょう》が戦死《せんし》しました。

勝山号《かつやまごう》は新《あたら》しい部隊長《ぶたいちょう》を乗《の》せて、さらに進《すす》んでいきました。

むかえうつ中国軍《ちゅうごくぐん》も、ますます激《はげ》しく抵抗《ていこう》します。

その時《とき》、

「あっ」

弾《たま》の破片《はへん》が勝山号《かつやまごう》の首《くび》にあたりました。

首《くび》から血《ち》が流《なが》れます。

そばにいた獣医《じゅうい》が急《いそ》いで手当《てあ》てをしましたが、戦《たたか》いの最中《さいちゅう》です。勝山号《かつやまごう》はそのまま部隊長《ぶたいちょう》を乗《の》せて走《はし》りました。

まわりではたくさんの兵隊《へいたい》が血《ち》に染《そ》まって倒《たお》れていました。医者《いしゃ》が手当《てあて》をするのも間《ま》に合《あ》わないほどです。

指揮《しき》をとる部隊長《ぶたいちょう》は、三日間《みっかかん》休《やす》まず、食事《しょくじ》もせずに勝山号《かつやまごう》に乗《の》りつづけました。

戦《たたか》いが少《すこ》し落《お》ち着《つ》いて、ようやく勝山号《かつやまごう》は獣医《じゅうい》に診《み》てもらうことができました。

傷口《きずぐち》を見《み》た獣医《じゅうい》は、

「危険《きけん》なところをさけて弾《たま》が通《とお》りぬけている。あぶなかったな、もう少《すこ》しで死《し》ぬところだった」

勝山号《かつやまごう》は、けがや病気《びょうき》の馬《うま》を集《あつ》めたところに移《うつ》されました。

けがは四十日《にち》かけて、ようやく治《なお》りました。

四　もう助《たす》からない

春《はる》、中国大陸《ちゅうごくたいりく》の大《おお》きな川《かわ》、揚子江《ようすこう》（長江《ちょうこう》）の水《みず》が増《ふ》え始《はじ》めたころ、部隊《ぶたい》はさらに、進《すす》んでいきました。

行軍《こうぐん》する兵隊《へいたい》は、武器《ぶき》やいろいろなものを背のう（リュックサック）につめて背負《せお》います。背のうに入《はい》りきらないものは、体《からだ》いっぱいにぶら下《さ》げて歩《ある》きました。持《も》ち上《あ》げることもやっとのずっしりと重《おも》い背のうが肩《かた》に食《く》いこみます。移動中《いどうちゅう》は顔《かお》も洗《あら》わず歯《は》もみがけません。ひげものび放題《ほうだい》です。南京虫《なんきんむし》やシラミが体中《からだじゅう》をはい回《まわ》ります。雨《あめ》のふるときも、泥《どろ》だらけの道《みち》を、ぬれながら進《すす》みました。

荷物《にもつ》を運《はこ》ぶ馬《うま》も、重《おも》い弾薬《だんやく》を背《せ》に乗《の》せて行列《ぎょうれつ》になって進《すす》みます。勝山号《かつやまごう》は、部隊長《ぶたいちょう》を乗《の》せて進《すす》みます。

勝山号《かつやまごう》は再《ふた》びけがをしていました。二度目《どめ》です。銃弾《じゅうだん》が左腰《ひだりこし》から右腰《みぎこし》にぬけるたいへんな傷《きず》でした。

それでも休《やす》むことなく隊長《たいちょう》を乗《の》せて歩《ある》きました。

中国《ちゅうごく》の国土《こくど》の中《なか》に入《はい》っていこうとする日本軍《にほんぐん》は、行《ゆ》く先々《さきざき》でそれを止《と》めようとする中国軍《ちゅうごくぐん》の激《はげ》しい攻撃《こうげき》にあいました。

中国軍《ちゅうごくぐん》が後退《こうたい》したあとに、血《ち》に染《そ》まった中国兵《ちゅうごくへい》の死体《したい》が残《のこ》されています。手《て》には子《こ》どもの写真《しゃしん》がしっかりと握《にぎ》られていました。

しかし、兵隊《へいたい》たちは死《し》んだ人《ひと》を見《み》ても、もう何《なに》も感《かん》じなくなっていました。感《かん》じないようにしなければ、つらくて生《い》きていけません。戦争《せんそう》は人《ひと》と人《ひと》の殺《ころ》しあいです。敵《てき》を多《おお》く殺《ころ》すほど手柄《てがら》を立《た》てたとほめられ、戦《たたか》って命《いのち》を落《お》とした人《ひと》は「英霊《えいれい》」と日本《にほん》では言《い》われました。小《ちい》さな白木《しらき》の箱《はこ》で次々《つぎつぎ》に日本《にほん》に帰《かえ》っていきます。箱《はこ》の中《なか》には遺骨《いこつ》が入《はい》っていました。その骨《ほね》さえなく、小石《こいし》を入《い》れただけの箱《はこ》もありました。

人《ひと》ばかりではありません。重《おも》い砲車《ほうしゃ》（大砲《たいほう》の砲架《ほうか》に車輪《しゃりん》をつけたもの）を引《ひ》く馬《うま》も、つかれきって次々《つぎつぎ》に倒《たお》れていきました。道《みち》も悪《わる》く、足《あし》を傷《いた》めます。少《すこ》しでも足《あし》が傷《きず》つくと、馬《うま》は歩《ある》けません。馬《うま》の面倒《めんどう》を見《み》ている当番兵《とうばんへい》は、なんとか助《たす》けたいと、泣《な》きながら願《ねが》います。でも、行軍《こうぐん》の邪魔《じゃま》になる馬《うま》は殺処分《さつしょぶん》されてしまいました。軍隊《ぐんたい》が進《すす》んだあとには、点々《てんてん》と死《し》んだ軍馬《ぐんば》が残《のこ》されていました。

急《きゅう》な険《けわ》しい山《やま》なみが連《つら》なる山《やま》すそを行軍《こうぐん》していたときでした。山《やま》の中《なか》ほどから中国《ちゅうごく》軍《ぐん》が、激《はげ》しく弾丸《だんがん》を撃《う》ってきます。勝山号《かつやまごう》たち馬《うま》の体《からだ》を弾《たま》がかすめていきます。でも、馬《うま》はつながれているので逃《に》げることができません。兵隊《へいたい》たちは自分《じぶん》たちが戦《たたか》うことで精《せい》いっぱいです。

その時《とき》、勝山号《かつやまごう》と一緒《いっしょ》につながれていた馬《うま》が、頭《あたま》を撃《う》ちぬかれてバタリと倒《たお》れました。

つづいて勝山号《かつやまごう》も、左《ひだり》の目《め》の上《うえ》からあごの下《した》に弾丸《だんがん》がつきぬけて、バタッと倒《たお》れました。でもすぐにガバッと起《お》き上《あ》がります。血《ち》は頭《あたま》から流《なが》れて目《め》に入《はい》り、左頬《ひだりほお》を伝《つた》って、地面《じめん》に落《お》ちていきます。駆《か》けつけた獣医《じゅうい》や当番兵《とうばんへい》は、急《いそ》いで応急手当《おうきゅうてあ》てをしました。

勝山号《かつやまごう》は弾《たま》の飛《と》んでこないくぼ地《ち》の木《き》の下《した》に連《つ》れていかれました。体《からだ》には震《ふる》えがきています。

「撃《う》たれた場所《ばしょ》が悪《わる》いから、とても助《たす》からないだろう」

獣医《じゅうい》が言《い》いますが、世話《せわ》をする当番兵《とうばんへい》は必死《ひっし》です。

「でも、まだ立《た》っていますよ。手当《てあ》てをしてください。お願《ねが》いします」

「頭《あたま》だから、重症《じゅうしょう》だ。もう時間《じかん》の問題《もんだい》だ」

かわいがっていた当番兵《とうばんへい》は、

「勝山号《かつやまごう》、痛《いた》いか？　元気《げんき》になってくれ」

泣《な》きながら血《ち》をふきます。

勝山号《かつやまごう》は、立《た》っていることができず、くずれるように横《よこ》になってしまいました。もう頭《あたま》を上《あ》げる力《ちから》もありません。

少《すこ》しでも頭《あたま》を高《たか》くして血《ち》を止《と》めようと、当番兵《とうばんへい》は、勝山号《かつやまごう》の頭《あたま》を自分《じぶん》のひざの上《うえ》にのせました。

「脳《のう》しんとうを起《お》こしているかもしれないから、少《すこ》しようすを見《み》よう」

獣医《じゅうい》はそう言《い》うと、注射《ちゅうしゃ》を打《う》ちました。

当番兵《とうばんへい》は、一晩中《ひとばんじゅう》ハエを追《お》ったり、体《からだ》をさすったりしました。せめて死《し》ぬときには、そばにいてあげよう。つらい戦場《せんじょう》で、勝山号《かつやまごう》とのふれあいが、なぐさめでした。そのうえ勝山号《かつやまごう》は、危険《きけん》を感《かん》じると、その場《ば》を動《うご》かなくなるのです。調《しら》べてみると進《すす》む方向《こう》に大《おお》きな穴《あな》が開《あ》いていたこともありました。勝山号《かつやまごう》には、何度《なんど》あぶないところを助《たす》けられたかわかりません。

ほかにも、けがをしている馬《うま》はたくさんいました。力《ちから》つきて死《し》んでいく馬《うま》もいました。

夜《よる》が明《あ》けました。一晩中《ひとばんじゅう》勝山号《かつやまごう》について面倒《めんどう》を見《み》ていた当番兵《とうばんへい》は、勝山号《かつやまごう》を見《み》てはっとしました。

横《よこ》になっていた勝山号《かつやまごう》の前足《まえあし》に力《ちから》が入《はい》り、次《つぎ》の瞬間《しゅんかん》、立《た》ち上《あ》がったのです。

「あっ、立《た》った。よくがんばった。草《くさ》を食《た》べるか？　水《みず》を飲《の》みたいか？」

当番兵《とうばんへい》は急《いそ》いで、おけのような入《い》れ物《もの》に水《みず》をくんできました。勝山号《かつやまごう》は、そこに頭《あたま》をつっこんで、水《みず》をガブガブッと飲《の》んだのです。

「待《ま》ってろ、もっと持《も》ってくるから」

当番兵《とうばんへい》はうれしそうに、急《いそ》いで水《みず》を運《はこ》びます。

ようすを見《み》にきた獣医《じゅうい》は、立《た》ち上《あ》がっている勝山号《かつやまごう》を見《み》て、

「これは命拾《いのちびろ》いしたぞ。でも重傷《じゅうしょう》にはかわりない。病院《びょういん》に入《い》れよう」

病院《びょういん》まで連《つ》れていくのにも、歩《ある》けないといけません。勝山号《かつやまごう》が歩《ある》けるかどうか調《しら》べます。よろよろと進《すす》むことができました。

「助《たす》からないかもしれないが、できるだけの手当《てあ》てをしてあげたい」

獣医《じゅうい》が言《い》います。獣医《じゅうい》も勝山号《かつやまごう》をかわいがっていました。

勝山号《かつやまごう》は、馬《うま》の病院《びょういん》に移《うつ》されました。病院《びょういん》といっても、草原《そうげん》の中《なか》に杭《くい》が打《う》ちこんであるだけです。

「何人《なんにん》もの部隊長《ぶたいちょう》につかえ、手柄《てがら》を立《た》てた馬《うま》だ、死《し》なせるわけにはいかない」

獣医《じゅうい》や当番兵《とうばんへい》は、勝山号《かつやまごう》を手術《しゅじゅつ》し、一生懸命《いっしょうけんめい》、面倒《めんどう》を見《み》ました。

そのかいがあって、勝山号《かつやまごう》は少《すこ》しずつ回復《かいふく》してきました。馬《うま》の病院《びょういん》の獣医《じゅうい》も「不思《ふし》議《ぎ》だ。まちがいなく治《なお》ってきている」とおどろきます。

世話《せわ》をしていた当番兵《とうばんへい》は、うれしそうに大《おお》きな声《こえ》を上《あ》げ、

「勝山号《かつやまごう》、よかったな、よかったな」

なおさら一生懸命《いっしょうけんめい》世話《せわ》をしました。

二か月半《げつはん》ほどして、勝山号《かつやまごう》は元《もと》の部隊《ぶたい》にもどりました。

当番兵《とうばんへい》に連《つ》れられた勝山号《かつやまごう》を見《み》た兵隊《へいたい》たちは、おどろいて口々《くちぐち》に言《い》いました。

「あっ勝山号《かつやまごう》じゃないか、よく生《い》きていたな」

「治《なお》ってよかったな」

「勝山号《かつやまごう》は不死身《ふじみ》の馬《うま》だ」

しかし何日《なんにち》かすると、勝山号《かつやまごう》の傷《きず》はまた悪《わる》くなり、だんだん体《からだ》が弱《よわ》って、歩《ある》くこともつらそうです。獣医《じゅうい》たちは、顔《かお》を見合《みあ》わせました。

「今度《こんど》はもうだめかもしれないな」

「頭《あたま》の傷《きず》だから、普通《ふつう》だったら神経《しんけい》をやられて歩《ある》くこともできない。よく立《た》っているなと思《おも》うよ」

「いままでがんばって手柄《てがら》を立《た》ててきた馬《うま》だ。できるだけのことをしてあげよう」

獣医《じゅうい》は空《あ》き家《や》になった民家《みんか》の軒《のき》に屋根《やね》をつけて、そこで勝山号《かつやまごう》を休《やす》ませました。それは特別《とくべつ》のことでした。世話《せわ》をする当番兵《とうばんへい》は一時間《じかん》も二時間《じかん》も体《からだ》をさすり、勝山号《かつやまごう》の面倒《めんどう》をみます。少《すこ》しでも食《た》べさせようと、食《た》べ物《もの》を口《くち》に運《はこ》びます。

そうしている間《あいだ》にも、戦《たたか》いはつづいていました。

それから七か月《げつ》がたち部隊長《ぶたいちょう》も交代《こうたい》となったころ、勝山号《かつやまごう》は回復《かいふく》して、また部隊長《ぶたいちょう》の乗《の》る馬《うま》として戦場《せんじょう》にもどりました。

軍馬《ぐんば》はけがが治《なお》っても、また戦《たたか》いの中《なか》に入《はい》っていくしかありませんでした。

新《あたら》しい部隊長《ぶたいちょう》は勝山号《かつやまごう》のようすを獣医《じゅうい》に聞《き》きます。

「もう治《なお》ったのか?」

「もうよくなりました。まだ少《すこ》しやせていますが、少《すこ》しずつ回復《かいふく》していきます」

「大切《たいせつ》な馬《うま》だ。気《き》をつけて乗《の》ろう」

新《あたら》しい部隊長《ぶたいちょう》は、険《けわ》しい道《みち》では勝山号《かつやまごう》から下《お》りて、あとからついてこさせました。

五　日本《にほん》への帰還《きかん》

そのころ、遠《とお》い中国《ちゅうごく》での戦争《せんそう》のようすは、新聞《しんぶん》やラジオ、ニュース映画《えいが》でしか知《し》ることができませんでしたが、いつもはなばなしい知《し》らせばかりでした。兵隊《へいたい》たちがどれほど勇敢《ゆうかん》に戦《たたか》っているか、有名《ゆうめい》な部隊長《ぶたいちょう》がどんな手柄《てがら》を立《た》てたか、またどれほど勇《ゆう》敢《かん》に戦《たたか》って戦死《せんし》したか。

その有名《ゆうめい》な部隊長《ぶたいちょう》たちが乗《の》った馬《うま》の中《なか》に、勝山号《かつやまごう》の名前《なまえ》がありました。けがをして血《ち》を流《なが》しながら、部隊長《ぶたいちょう》を背《せ》に乗《の》せて走《はし》った、などと紹介《しょうかい》されています。

「この勝山号《かつやまごう》って、ランタンのことでねえか？」

「ほかにも勝山号《かつやまごう》という馬《うま》っこがいるかもしれんな」

お父《とう》さんはその馬《うま》の特徴《とくちょう》を新聞社《しんぶんしゃ》などに行《い》って調《しら》べてきました。

「まちがいない、うちのランタンだ」

お父《とう》さんは、勝山号《かつやまごう》がのっている新聞《しんぶん》を、切《き》り取《と》って保管《ほかん》します。

「けがをしたというけれど、大丈夫《だいじょうぶ》だろうか？」

新聞《しんぶん》に勝山号《かつやまごう》の名前《なまえ》が出《で》るたびに、マツさんたちは心配《しんぱい》します。

そしていつしか勝山号《かつやまごう》は、軍馬《ぐんば》の代表《だいひょう》のようになっていきました。

ある日《ひ》、マツさんの家《いえ》に新聞記者《しんぶんきしゃ》が訪《たず》ねてきました。

「こちらは勝山号《かつやまごう》を飼《か》っていたお宅《たく》ですか？」

「えっ勝山号《かつやまごう》？　ランタンのことですか？」

記者《きしゃ》は言《い》います。

「おめでとうございます。お宅《たく》の勝山号《かつやまごう》が、功績《こうせき》のあった馬《うま》に与《あた》えられる『軍馬甲功《ぐんばこうこう》章《しょう》』を受《う》けました」

マツさんの家《いえ》でも村《むら》でも大《おお》さわぎです。それはたいへん名誉《めいよ》なことでした。授章式《じゅしょうしき》は日比谷野外音楽堂前大広場《ひびややがいおんがくどうまえおおひろば》で行《おこな》われました。でもその時《とき》は、勝山号《かつやまごう》は戦地《せんち》にいたので、現《あらわ》れませんでした。勝山号《かつやまごう》がどこにいるのか、軍《ぐん》の秘密《ひみつ》で公表《こうひょう》されていなかったのです。

マツさんは、有名《ゆうめい》になっていく勝山号《かつやまごう》をほこらしくも思《おも》い、だんだん自分《じぶん》の知《し》っているランタンではなくなっていくようで、さびしくも思《おも》いました。

それから一年後《ねんご》、一九四〇年《ねん》（昭和《しょうわ》十五年《ねん》）一月《がつ》、マツさんの家《いえ》に県庁《けんちょう》からの知《し》らせが届《とど》きました。

「えっ？　勝山号《かつやまごう》が日本《にほん》にけえってくる？」

信《しん》じられない知《し》らせです。

「ランタンが『軍馬甲功章《ぐんばこうこうしょう》』を受《う》けたからか？」

「わからん」

「おらんちにけえってくるのか？」

「国《くに》に捧《ささ》げた軍馬《ぐんば》だから、ここにはけえらんだろう」

戦場《せんじょう》に行《い》った馬《うま》が帰《かえ》ってくることなど、今《いま》までありませんでした。

軍馬《ぐんば》は、船《ふね》の設備《せつび》が足《た》りないことや、伝染病《でんせんびょう》の予防《よぼう》などを理由《りゆう》に、次《つぎ》に来《き》た部隊《ぶたい》に引《ひ》きわたすのがきまりです。

なぜ勝山号《かつやまごう》だけが特別《とくべつ》に帰《かえ》ることができたのか、くわしいことはわかりません。一説《いっせつ》によると部隊長《ぶたいちょう》が、

「勝山号《かつやまごう》は私《わたし》の命《いのち》を救《すく》ってくれた。その馬《うま》を残《のこ》して帰《かえ》るわけにはいかない」

涙《なみだ》ながらにうったえたということです。

「勝山号《かつやまごう》と一緒《いっしょ》でなければ帰《かえ》らない」

頑《がん》として帰《かえ》ることを拒《こば》んだとも言《い》われています。

勝山号《かつやまごう》は部隊《ぶたい》の人《ひと》たちと一緒《いっしょ》に日本《にほん》に帰《かえ》ってきました。

船《ふね》の中《なか》では兵隊《へいたい》たちが、勝山号《かつやまごう》との別《わか》れをおしみました。

「勝山号《かつやまごう》、お前《まえ》のような手柄《てがら》を立《た》てた馬《うま》は、これからどこでも行《い》けるぞ」

「お前《まえ》に、おれたちは戦場《せんじょう》でなぐさめられたよ」

「一緒《いっしょ》に戦《たたか》ってきた戦友《せんゆう》だ」

一定《いってい》の期間勤《きかんつと》めると、兵隊《へいたい》たちは、それぞれ自分《じぶん》の故郷《こきょう》に帰《かえ》ることができましたが、軍馬《ぐんば》はどうなるか決《き》まっていませんでした。いままで戦場《せんじょう》から帰《かえ》ってきた軍馬《ぐんば》はいなかったからです。

港《みなと》にはおおぜいの人《ひと》が歓迎《かんげい》のために押《お》し寄《よ》せています。勝山号《かつやまごう》の世話《せわ》をしていた当《とう》番兵《ばんぺい》は「どこに行《い》っても私《わたし》が勝山号《かつやまごう》の面倒《めんどう》を見《み》たい」と言《い》っていました。

マツさんのお父《とう》さんの新三郎《しんさぶろう》さんは、もちろん勝山号《かつやまごう》に会《あ》いにいきました。そのことが新聞《しんぶん》に大《おお》きく取《と》り上《あ》げられました。

日本《にほん》に帰《かえ》ってきた勝山号《かつやまごう》は、元《もと》の部隊《ぶたい》に預《あず》けられました。そして、戦争《せんそう》を応援《おうえん》するための行事《ぎょうじ》にかりだされます。

その年《とし》の三月《がつ》には、日比谷公園《ひびやこうえん》で「勝山号《かつやまごう》に感謝《かんしゃ》する会《かい》」が開《ひら》かれました。勝山号《かつやまごう》をたたえる歌《うた》が歌《うた》われたのです。四月《がつ》には「軍馬市中大行進《ぐんばしちゅうだいこうしん》」で千頭《とう》の軍馬《ぐんば》の先頭《せんとう》に立《た》って行進《こうしん》しました。額《ひたい》にかがやく「甲功章《こうこうしょう》」、りっぱな鞍《くら》。勝山号《かつやまごう》のことを書《か》いた本《ほん》も出《で》ました。映画《えいが》にもなりました。新聞《しんぶん》やラジオもこぞって勝山号《かつやまごう》のことを伝《つた》えました。何人《なんにん》もの部隊長《ぶたいちょう》につかえ、何度《なんど》けがをしても治《なお》った不死身《ふじみ》の勝山号《かつやまごう》は、すっかり有名《ゆうめい》な軍馬《ぐんば》になったのです。

勝山号《かつやまごう》が預《あず》けられている赤坂《あかさか》の部隊《ぶたい》には、国民学校《こくみんがっこう》（現在《げんざい》の小学校《しょうがっこう》）の子《こ》どもたちや、婦人会《ふじんかい》の人《ひと》たちが、毎日《まいにち》のように勝山号《かつやまごう》を見《み》ようと訪《たず》ねてきました。

しかし、一九四一年《ねん》（昭和《しょうわ》十六年《ねん》）十二月《がつ》、日本《にほん》は中国《ちゅうごく》だけでなく、アメリカをも攻撃《こうげき》し、太平洋戦争《たいへいようせんそう》がはじまりました。戦争《せんそう》がますます大《おお》きく広《ひろ》がっていき、再《ふた》び軍《ぐん》のことは秘密《ひみつ》にされ、勝山号《かつやまごう》のいる部隊《ぶたい》は、どこにいるか知《し》らされなくなりました。

六　きせきの脱出《だっしゅつ》

ラジオから勇《いさ》ましい軍歌《ぐんか》が流《なが》れています。ニュースも「日本軍《にほんぐん》が勇敢《ゆうかん》に戦《たたか》っている、敵《てき》に多《おお》くの被害《ひがい》を与《あた》えたが、日本軍《にほんぐん》の被害《ひがい》はわずかだった」と、毎日《まいにち》のように放送《ほうそう》されます。

人々《ひとびと》は、日本《にほん》は勝《か》ち進《すす》んでいると信《しん》じていました。

ところが、アメリカ軍《ぐん》の爆撃機《ばくげきき》が日本《にほん》の空《そら》に飛《と》んできたのです。

ウーウー、ウーウー。サイレンがなり響《ひび》きます。迎《むか》え撃《う》つ日本《にほん》の小《ちい》さな戦闘機《せんとうき》は、あっと言《い》う間《ま》に撃《う》ち落《お》とされてしまいました。

爆撃機《ばくげきき》から雨《あめ》のように焼夷弾《しょういだん》が落《お》ちてきました。

B《ビー》29による空襲《くうしゅう》です。落《お》とされた焼夷弾《しょういだん》の中《なか》には、激《はげ》しく燃《も》えるガソリンや、粘着剤《ねんちゃくざい》がつめこまれています。火《ひ》はなんにでも粘《ねば》りつき、なかなか消《け》すことができません。

木造《もくぞう》の家《いえ》が多《おお》い日本《にほん》の家《いえ》を焼《や》くために作《つく》られたものでした。

日本《にほん》にいた人々《ひとびと》にとって、戦争《せんそう》は、遠《とお》いよその国《くに》で行《おこな》われているものでした。それがいま、自分《じぶん》たちの国《くに》が攻撃《こうげき》されているのです。人々《ひとびと》はただ逃《に》げまどうばかりでした。軍需工場《ぐんじゅこうじょう》や飛行場《ひこうじょう》ばかりではなく、日本中《にほんじゅう》の市《し》や町《まち》が空襲《くうしゅう》にあい、焼《や》き払《はら》われ、多《おお》くの人《ひと》がけがをし、亡《な》くなりました。

一九四五年《ねん》（昭和《しょうわ》二十年《ねん》）三月十日《がつとおか》には東京《とうきょう》の下町一帯《したまちいったい》が大空襲《だいくうしゅう》を受《う》けました。

同《おな》じ日《ひ》、マツさんの住《す》む岩手県《いわてけん》の盛岡駅前《もりおかえきまえ》も、南方向《みなみほうこう》からきたB《ビー》29一機《き》によって空襲《くうしゅう》にあいました。

岩手県《いわてけん》の主《おも》な港《みなと》や駅《えき》、軍需工場《ぐんじゅこうじょう》なども次々《つぎつぎ》と焼《や》き払《はら》われたのです。

「こんなところまでアメリカは飛行機《ひこうき》を飛《と》ばしてくるんだ」

人々《ひとびと》はおそろしさで、どうしていいかわかりません。

さらに、マツさんたちが住《す》んでいる地域《ちいき》も、八月十日《がつとおか》には水沢駅《みずさわえき》を中心《ちゅうしん》に空襲《くうしゅう》を受《う》けました。

一九四五年《ねん》（昭和《しょうわ》二十年《ねん》）八月《がつ》十五日《にち》。十二時《じ》。この日《ひ》、日本中《にほんじゅう》の人々《ひとびと》が、自宅《じたく》や学校《がっこう》、仕事場《しごとば》で、ラジオの前《まえ》に集《あつ》まりました。この時間《じかん》に大切《たいせつ》な放送《ほうそう》があるから、よく聞《き》くようにと、朝《あさ》から何度《なんど》も放送《ほうそう》されていたのです。

十二時《じ》の時報《じほう》のあと「日本《にほん》は戦争《せんそう》に負《ま》けた」と知《し》らされました。日本中《にほんじゅう》が大混乱《だいこんらん》におちいりました。

この日《ひ》までに、大都市《だいとし》も地方《ちほう》の都市《とし》も、アメリカ軍《ぐん》による空《そら》からの攻撃《こうげき》で焼《や》かれました。八月六日《がつむいか》に広島《ひろしま》、八月九日《がつここのか》には長崎《ながさき》に原子爆弾《げんしばくだん》が落《お》とされました。それでも日本《にほん》は戦争《せんそう》に勝《か》っていると、多《おお》くの人《ひと》は信《しん》じていたのです。

戦争《せんそう》が終《お》わっても、苦《くる》しい生活《せいかつ》は変《か》わりません。ただ、いつ空襲《くうしゅう》にあうかという恐怖《きょうふ》はなくなりました。いつでも防空壕《ぼうくうごう》へ逃《に》げられるように服《ふく》を着《き》たまま寝《ね》ることも、もうしなくていいのです。

東京《とうきょう》から、兄《あに》の貢《みつぎ》さんが帰《かえ》ってきました。四年前《ねんまえ》、戦地《せんち》から帰《かえ》ってきた貢《みつぎ》さんは、そのまま東京《とうきょう》で働《はたら》いていたのです。

「東京《とうきょう》は焼《や》けてしまった」

荷物《にもつ》もなく、体一《からだひと》つで帰《かえ》ってきました。それでも、無事《ぶじ》に帰《かえ》ってきた貢《みつぎ》さんを見《み》て、家族《かぞく》は大喜《おおよろこ》びでした。

そんな時《とき》、電報《でんぽう》が届《とど》けられました。

「カツヤマウケトラレタシ　ジタクニテヘンマツ　コイケ」

コイケ、小池政雄《こいけまさお》さんは、神奈川県川崎市《かながわけんかわさきし》の溝口《みぞのくち》にあった部隊《ぶたい》で、馬《うま》の訓練《くんれん》をする人《ひと》です。その人《ひと》が勝山号《かつやまごう》を預《あず》かっているから、引《ひ》き取《と》りにきてほしいという電報《でんぽう》でした。

思《おも》いがけない知《し》らせです。

しかし、貢《みつぎ》さんは顔《かお》をくもらせて言《い》いました。

「東京《とうきょう》では、もう軍《ぐん》の力《ちから》はなくなっている。それに……軍馬《ぐんば》も食用《しょくよう》の肉《にく》にされている」

とても勝山号《かつやまごう》が無事《ぶじ》とは思《おも》えません。もし無事《ぶじ》であっても、どうやって川崎《かわさき》から岩《いわ》手《て》まで連《つ》れて帰《かえ》ることができるでしょう。

でもお父《とう》さんはあきらめませんでした。

すぐに引《ひ》き取《と》りにいきたいと、小池《こいけ》さんに手紙《てがみ》を書《か》きました。

小池《こいけ》さんからも返事《へんじ》が来《き》て、勝山号《かつやまごう》を預《あず》かっているという、小池《こいけ》さんが間借《まが》りしている家《いえ》の地図《ちず》も送《おく》ってくれました。

貢《みつぎ》さんが、まずはようすを見《み》にいくことになりました。

十月六日《がつむいか》、貢《みつぎ》さんは少《すこ》しのお米《こめ》を小池《こいけ》さんへのお土産《みやげ》にして、列車《れっしゃ》に乗《の》りました。本当《ほんとう》にランタンであるか確《たし》かめるためでした。

列車《れっしゃ》はのろのろと進《すす》みます。あふれるほどの人《ひと》が乗《の》っていました。こんな状態《じょうたい》で、馬《うま》を連《つ》れて帰《かえ》れるのだろうか。

東京《とうきょう》の上野駅《うえのえき》に着《つ》き、列車《れっしゃ》を乗《の》りかえて神奈川県川崎市《かながわけんかわさきし》の溝《みぞ》ノ口駅《くちえき》で降《お》ります。あちこち迷《まよ》い、ようやく地図《ちず》にあった家《いえ》を見《み》つけました。大《おお》きな農家《のうか》です。

貢《みつぎ》さんは、ドキドキしながらその家《いえ》の門《もん》をくぐりました。門《もん》を入《はい》ると広《ひろ》い庭《にわ》があり、奥《おく》の方《ほう》に家《いえ》があります。すぐに家《いえ》の人《ひと》に声《こえ》をかけるべきところですが、それよりも先《さき》に、本当《ほんとう》に馬《うま》がいるのか、その馬《うま》はランタンなのかを確《たし》かめたいと思《おも》いました。

庭《にわ》を見《み》わたし、馬《うま》を飼《か》えそうな納屋《なや》のようなところを探《さが》します。隠《かく》れるように、馬《うま》の姿《すがた》が見《み》えます。貢《みつぎ》さんは走《はし》り寄《よ》りました。

「ランタン……」

まちがいなくランタンです。ランタンは生《い》きていました。

「ランタン、おれだ。わかるか？」

ランタンは、貢《みつぎ》さんをおぼえていたようです。なつかしそうに近《ちか》づいてこようとします。しかしそこは小《ちい》さな仮《かり》の馬小屋《うまごや》で、ランタンの胸《むね》の高《たか》さに一本《ぽん》の太《ふと》い竹《たけ》がわたされています。ランタンは、前《まえ》にも後《うし》ろにも動《うご》くことができません。

貢《みつぎ》さんは、以前東京《いぜんとうきょう》にいたとき、偶然《ぐうぜん》ランタンの居場所《いばしょ》を知《し》って、こっそり会《あ》いに行《い》ったことがありました。軍《ぐん》のことが秘密《ひみつ》にされ、勝山号《かつやまごう》の居場所《いばしょ》が再《ふたた》びわからなくなった時《とき》でした。

その時《とき》は、軍馬《ぐんば》として大切《たいせつ》にされ、兵隊《へいたい》たちが何人《なんにん》もつきそっていました。

それがいまは、体《からだ》が半分出《はんぶんで》てしまうようなところに押《お》しこめられています。なつかしいのと、かわいそうなのとで、涙《なみだ》が出《で》そうでした。

貢《みつぎ》さんは、何度《なんど》も何度《なんど》もランタンの体《からだ》をさすりました。ランタンはその手《て》に体《からだ》をまかせてきます。

ああ、この手《て》の感覚《かんかく》。

黒沢尻停車場《くろさわじりていしゃじょう》で、貨車《かしゃ》に乗《の》せた時《とき》のことを思《おも》い出《だ》しました。

今度《こんど》こそ連《つ》れて帰《かえ》ろう。

「ランタン、今日《きょう》は連《つ》れてけえれんけど、必《かなら》ず迎《むか》えにくっから、がまんしてくれ」


それから、貢《みつぎ》さんは小池《こいけ》さんに会《あ》い、勝山号《かつやまごう》をかくまったいきさつを聞《き》きました。

――戦争《せんそう》が終《お》わる五日前《いつかまえ》。部隊《ぶたい》の主《おも》だった人《ひと》たちがひそかに集《あつ》まりました、部隊長《ぶたいちょう》は、勝山号《かつやまごう》を連《つ》れ出《だ》して安全《あんぜん》なところに移《うつ》し、その後《ご》、飼《か》い主《ぬし》の伊藤新三郎《いとうしんさぶろう》氏《し》に返《かえ》すようにと命《めい》じます。それを調教手《ちょうきょうしゅ》の小池《こいけ》さんがまかせられたということでした。

軍《ぐん》の命令《めいれい》です。小池《こいけ》さんは、急《いそ》いで勝山号《かつやまごう》をかくまう場所《ばしょ》を確保《かくほ》しました。

そして戦争《せんそう》が終《お》わりました。

九月一日《がついたち》には、降伏《こうふく》の儀式《ぎしき》がありました。いままで部隊《ぶたい》のいた溝口《みぞのくち》の建物《たてもの》を、そのまま占領軍《せんりょうぐん》に引《ひ》きわたさなければなりません。連合国総司令部《れんごうこくそうしれいぶ》（ＧＨＱ《ジーエイチキュー》）から、逆《さか》らったりせずに引《ひ》きわたすようにと命《めい》じられました。

九月《がつ》十四日《か》、小池《こいけ》さんは自分《じぶん》たちが借《か》りて住《す》んでいる宮前区《みやまえく》の小台《こだい》に、ほかの農家《のうか》にかくまってもらっていた勝山号《かつやまごう》を連《つ》れてきたのです。借《か》りていた家《いえ》は広《ひろ》かったので、小池《こいけ》さんの家族《かぞく》のほかにも、二つの家族《かぞく》が住《す》まわせてもらっていました。

戦争《せんそう》に負《ま》け、町《まち》は焼《や》け野原《のはら》。多《おお》くの人《ひと》が家《いえ》を失《うしな》い家族《かぞく》を失《うしな》いました。兵隊《へいたい》として大陸《たいりく》にわたっていった人《ひと》は戦場《せんじょう》から帰《かえ》ってきません。やり場《ば》のない怒《いか》りや悲《かな》しみ、無気力《むきりょく》、さまざまな感情《かんじょう》が日本《にほん》に満《み》ちていました。

その中《なか》で特別《とくべつ》に帰《かえ》ってきた馬《うま》がここにいる、などとうわさになれば、どんないやがらせを受《う》けるかわかりません。

まして勝山号《かつやまごう》は、戦争《せんそう》をあおり立《た》てた宣伝《せんでん》に使《つか》われていました。ひっそりとかくまうしかありません――。

「必《かなら》ず迎《むか》えにきます。それまで守《まも》ってください」

貢《みつぎ》さんは、何度《なんど》も頭《あたま》を下《さ》げて急《いそ》いで帰《かえ》りました。


岩手《いわて》に帰《かえ》ってきた貢《みつぎ》さんを待《ま》ち受《う》けていた家族《かぞく》は、質問攻《しつもんぜ》めです。

「ちゃんと食《く》う物《もの》あったか？」

「ランタンは無事《ぶじ》け？」

「大丈夫《だいじょうぶ》、ランタンは生《い》きていた」

マツさんたち家族《かぞく》は、ほっとしました。でも早《はや》く連《つ》れ帰《かえ》らないと危険《きけん》なことも知《し》りました。

すぐにお父《とう》さんと貢《みつぎ》さんは手分《てわ》けをして、必要《ひつよう》な書類《しょるい》を集《あつ》めます。役場《やくば》に行《い》って軍馬《ぐんば》を連《つ》れて帰《かえ》るための旅行《りょこう》の証明書《しょうめいしょ》をもらい、それを持《も》って列車乗車券《れっしゃじょうしゃけん》を買《か》います。次《つぎ》に軍馬《ぐんば》の輸送《ゆそう》の証明書《しょうめいしょ》を町長《ちょうちょう》に書《か》いてもらい、水沢駅長《みずさわえきちょう》に貨車《かしゃ》を借《か》りる許可《きょか》を頼《たの》みました。東京《とうきょう》から岩手《いわて》まで、馬《うま》を一頭《とう》連《つ》れてくるのに貨車《かしゃ》を用意《ようい》しなければなりません。

軍《ぐん》からは、戦地《せんち》で活躍《かつやく》した馬《うま》の面倒《めんどう》をみてくれるものには、馬《うま》を運《はこ》ぶためのお金《かね》を出《だ》し、補助金《ほじょきん》も出《だ》すという手紙《てがみ》が届《とど》いていました。多《おお》くの活躍《かつやく》した馬《うま》がいたのです。でも、その手紙《てがみ》は戦争《せんそう》が終《お》わる一日前《にちまえ》に出《だ》されています。戦争《せんそう》が終《お》わったいま、軍《ぐん》の力《ちから》がどのくらいあるのかわかりません。

国中《くにじゅう》が混乱《こんらん》しています。はたして貨車《かしゃ》を借《か》りる許可《きょか》はおりるのでしょうか？

四日後《よっかご》。

「貨車《かしゃ》を一台《だいか》借《か》りることができた！」

お父《とう》さんは大喜《おおよろこ》びで帰《かえ》ってきました。水沢駅《みずさわえき》の駅長《えきちょう》があちこちに電話《でんわ》して、貨車《かしゃ》一両《りょう》を、ランタンのいる神奈川県《かながわけん》の、東神奈川駅《ひがしかながわえき》に用意《ようい》してくれたのです。貨物列車《かもつれっしゃ》のひきこみ線《せん》が東神奈川駅《ひがしかながわえき》にあり、そこに貨車《かしゃ》を待機《たいき》させるとのことでした。

「だば（でも）」お父《とう》さんはつづけて言《い》います。「その列車《れっしゃ》がいつ水沢駅《みずさわえき》に着《つ》くか、わからねえんだ」

東神奈川駅《ひがしかながわえき》がどこにあるのか、ランタンのいるところからはどのくらい離《はな》れているのか、はたして帰《かえ》ってこられるのか？　でも行《い》くしかありません。

十月《がつ》十二日《にち》の朝早《あさはや》く、マツさんはお母《かあ》さんを手伝《てつだ》って、おにぎりを十五個作《こつく》りました。悪《わる》くならないように梅干《うめぼ》しをたくさん入《い》れました。

貢《みつぎ》さんの旅《たび》は何日《なんにち》かかるかわかりません。持《も》てるだけの食《た》べる物《もの》は必要《ひつよう》です。大切《たいせつ》にとってあったお米《こめ》を使《つか》いました。

貢《みつぎ》さんは、そのおにぎり、馬《うま》の食《た》べ物《もの》の大麦《おおむぎ》八升《しょう》（約《やく》十四リットル）、ズック製水《せいすい》のう（水《みず》を入《い》れるバケツのようなもの）と、くつわ、手綱《たづな》などをリュックに入《い》れ、家《いえ》を出《で》ました。

早《はや》く迎《むか》えにいかなければ。

のろのろ走《はし》っては止《と》まる列車《れっしゃ》に、貢《みつぎ》さんは気《き》が気《き》ではありませんでした。

その日《ひ》の夕方《ゆうがた》、ようやくのことで、小池《こいけ》さんが間借《まが》りしている農家《のうか》に着《つ》きました。

貢《みつぎ》さんは無事《ぶじ》なランタンを見《み》てほっとしました。その日《ひ》はその家《いえ》に泊《と》めてもらいました。

次《つぎ》の朝《あさ》、貢《みつぎ》さんはまだ暗《くら》い四時《じ》ごろに起《お》きて、ランタンの足《あし》をもみほぐし、体《からだ》をわらでふいてやりました。しばらく運動《うんどう》していないようなので、歩《ある》けるだろうか心配《しんぱい》です。その家《いえ》にあった芋《いも》などを入《い》れる袋《ふくろ》をもらい、それをランタンの背中《せなか》に巻《ま》きます。口《くち》には家《いえ》から持《も》って来《き》たくつわをはめました。

「さあ、ランタンけえろうな」

どれほどこの言葉《ことば》を待《ま》っていたのでしょうか。ランタンは、昔《むかし》と同《おな》じように貢《みつぎ》さんについて歩《ある》きだしました。

貢《みつぎ》さんは道々《みちみち》、貨車《かしゃ》が待《ま》つ東神奈川駅《ひがしかながわえき》への道《みち》をたずねました。

「えっ歩《ある》いて行《い》くんですか？」

どの人《ひと》もおどろきます。それほど遠《とお》いのだと改《あらた》めて思《おも》いました。でも、もう引《ひ》き返《かえ》すことはできません。

広《ひろ》い道《みち》に出《で》ると占領軍《せんりょうぐん》の車《くるま》が行《ゆ》きかっています。そばに止《と》まったジープから大《おお》きな声《こえ》で何《なに》か言《い》われました。言葉《ことば》はわかりませんが、危険《きけん》だから歩《ある》くなと言《い》われているようです。貢《みつぎ》さんはランタンをひいて、田《た》んぼ道《みち》のほうに下《お》りて歩《ある》きつづけました。途中《とちゅう》で、馬《うま》をねらう二人組《ふたりぐみ》がいて、あぶない思《おも》いもしました。日本中《にほんじゅう》に食《た》べ物《もの》がなくて、みんなおなかをすかせていました。農家《のうか》では馬《うま》も牛《うし》も、犬《いぬ》までもが襲《おそ》われて肉《にく》にされていました。

午後《ごご》二時過《じす》ぎ、東神奈川駅《ひがしかながわえき》に着《つ》きました。十時間《じかん》かかりました。貢《みつぎ》さんは歩《ある》きながらも、ランタンを乗《の》せて帰《かえ》る貨車《かしゃ》は、本当《ほんとう》に用意《ようい》されているだろうか？　と不安《ふあん》でした。

「お待《ま》ちしていました。貨車《かしゃ》の用意《ようい》がしてあります」

その言葉《ことば》を聞《き》いて、貢《みつぎ》さんは体《からだ》から力《ちから》がぬけていくようでした。

駅《えき》のホームに行《い》くと、駅員《えきいん》が集《あつ》まってきました。

「これが有名《ゆうめい》な勝山号《かつやまごう》か？」

芋《いも》の袋《ふくろ》を背中《せなか》に巻《ま》いている馬《うま》は、はなばなしく戦争《せんそう》で活躍《かつやく》した勝山号《かつやまごう》にはとても見《み》えなかったのかもしれません。

貢《みつぎ》さんはランタンと一緒《いっしょ》に貨車《かしゃ》の中《なか》に入《はい》りました。貢《みつぎ》さんと一緒《いっしょ》なら、ランタンは安心《あんしん》してどこにでもついてきます。

貢《みつぎ》さんはランタンに話《はな》しかけたり、体《からだ》をさすったりしました。貨車《かしゃ》の中《なか》でただ出発《しゅっぱつ》するのを待《ま》っているだけです。

「ランタン、けえったら、ゆっくりしていいぞ。もう戦争《せんそう》は終《お》わったんだぞ」

翌朝《よくあさ》五時過《じす》ぎ、ようやく列車《れっしゃ》は動《うご》きだしました。

初《はじ》めに埼玉県《さいたまけん》の大宮停車場《おおみやていしゃじょう》に止《と》まりました。貢《みつぎ》さんは急《いそ》いで降《お》りて、水道《すいどう》を探《さが》して走《はし》ります。馬《うま》はたくさんの水《みず》を飲《の》むので、水《みず》がなくなるとたいへんです。水道《すいどう》を見《み》つけ、水《みず》をくんで帰《かえ》ろうと、振《ふ》り返《かえ》りました。

「しまった！」

まわりには同《おな》じような貨車《かしゃ》がたくさん並《なら》んでいます。自分《じぶん》の乗《の》っていた貨車《かしゃ》がわからないのです。いつ発車《はっしゃ》してしまうかわかりません。あせって乗《の》っていた貨車《かしゃ》を探《さが》しました。やっと見《み》つけて乗《の》りこんだときには、思《おも》わずすわりこんでしまいました。

四泊五日《ぱくいつか》の長《なが》い貨車《かしゃ》の旅《たび》でした。食事《しょくじ》は梅干《うめぼ》し入《い》りのおにぎり、水筒《すいとう》の水《みず》だけ。それを少《すこ》しずつ食《た》べました。

そうして、ようやくのことで水沢駅《みずさわえき》に到着《とうちゃく》しました。午後《ごご》三時《じ》を過《す》ぎています。駅《えき》長《ちょう》に会《あ》ってお礼《れい》を言《い》い、いよいよ家《いえ》に向《む》かって出発《しゅっぱつ》しました。

家《いえ》まで十キロ。もう食《た》べる物《もの》もありません。道々《みちみち》、ランタンに青草《あおくさ》を食《た》べさせ、水《みず》を飲《の》ませながらゆっくり歩《ある》いていきました。

夕暮《ゆうぐ》れに岩谷堂町《いわやどうちょう》に入《はい》りました。家《いえ》まではそれほど遠《とお》くはありません。戦争《せんそう》に行《い》く前《まえ》、貢《みつぎ》さんとランタンが畑仕事《はたけしごと》の行《い》き帰《かえ》りに毎日通《まいにちとお》った道《みち》です。

「さあ、ここからはひとりでけえれるべ」

貢《みつぎ》さんは、手綱《たづな》をランタンのくびにかけました。

ランタンがここをはなれてから、八年《ねん》たっています。

戦場《せんじょう》で何度《なんど》もけがをしていました。

それでも、ランタンはまだ、いつもの道《みち》をおぼえているのか、試《ため》したかったのです。

どの分《わ》かれ道《みち》でも、ランタンは迷《まよ》うことなく進《すす》んでいきます。貢《みつぎ》さんはドキドキしながらあとから着《つ》いていきます。

五道《ごどう》ヶ辻《がつじ》にさしかかりました。五つの分《わ》かれ道《みち》です。地元《じもと》の人《ひと》でもときどきまちがえます。でもランタンは迷《まよ》うことなく、右端《みぎはし》の道《みち》を進《すす》んでいきました。あたりはすっかり暗《くら》くなっていました。

広《ひろ》い通《とお》りから、家《いえ》の裏手《うらて》に出《で》る細道《ほそみち》に来《き》ました。ここもわかりにくく、入《い》り口《ぐち》は木々《きぎ》におおわれ、ますます細《ほそ》くなっています。そこをぬけると、我《わ》が家《や》はすぐそこです。

そこに来《く》ると、ランタンの足《あし》が急《きゅう》に速《はや》くなりました。迷《まよ》うことなく細《ほそ》い道《みち》に入《はい》っていきます。両側《りょうがわ》の小枝《こえだ》をこするように、音《おと》をたてながら急《きゅう》な坂《さか》を下《くだ》っていきます。貢《みつぎ》さんが追《お》いつけないほどの早足《はやあし》です。

ところが突然《とつぜん》立《た》ち止《ど》まりました。

「ランタンどうした？」

貢《みつぎ》さんは駆《か》け寄《よ》ります。

その時《とき》、ランタンは空《そら》に向《む》かっていななきました。

ヒヒーン！

そしてもう一声《ひとこえ》。

ヒヒーン。

まるでうれしさをおさえきれないようないななきでした。

貢《みつぎ》さんもうれしくなり、大声《おおごえ》を上《あ》げました。

「いま、けえったぞ。けえってきたぞ!」

七 夜空《よぞら》のいななき

お兄《にい》さんの貢《みつぎ》さんが東京《とうきょう》に向《む》かってから、マツさんたちは、毎日祈《まいにちいの》るような思《おも》いで、待《ま》っていました。三日《みっか》、四日《よっか》たちます。帰《かえ》ってきません。なんの連絡《れんらく》もありません。当時《とうじ》は電話《でんわ》のある家《いえ》もあまりありません。マツさんの家《いえ》も電話《でんわ》はありませんでした。

病気《びょうき》をしたのだろうか? けがをしているのだろうか? 貨車《かしゃ》がなかったのだろうか? そろそろ食《た》べ物《もの》もなくなるはずです。家族《かぞく》は庭《にわ》で物音《ものおと》がすると、はっとして見《み》にいきます。

五日目《いつかめ》です。夕《ゆう》ご飯《はん》の片《かた》づけを終《お》え、台所《だいどころ》にいたお母《かあ》さんが、手《て》を割烹着《かっぽうぎ》でふきながら、みんながすわっているいろりのところに来《き》ました。

その時《とき》。

「ランタンの声《こえ》がする！」

遠《とお》くから二度《ど》、馬《うま》のいななきが聞《き》こえました。

みんなは一瞬顔《いっしゅんかお》を見合《みあ》わせると、我先《われさき》にと土間《どま》へ走《はし》ります。

土間《どま》は暗《くら》くて草履《ぞうり》を探《さが》すのももどかしく、マツさんは、裸足《はだし》で外《そと》に飛《と》び出《だ》しました。

外《そと》はすっかり暗《くら》くなっています。

ざわざわと枝《えだ》を勢《いきお》いよく押《お》し分《わ》ける音《おと》がして、庭《にわ》に黒《くろ》い影《かげ》が飛《と》び出《だ》してきました。

お母《かあ》さんが急《いそ》いで用意《ようい》した提灯《ちょうちん》をかざします（マツさんの家《いえ》ではまだ提灯《ちょうちん》を使《つか》っていました）。

提灯《ちょうちん》の明《あ》かりに照《て》らされて、栗毛《くりげ》で、目《め》と目《め》の間《あいだ》から鼻《はな》すじ、口《くち》まで真《ま》っ白《しろ》、右《みぎ》の後《うし》ろ足《あし》も真《ま》っ白《しろ》の馬《うま》の姿《すがた》が。

ランタンです。ランタンが帰《かえ》ってきたのです。

「まてまて、ランタンをおどかすな」

走《はし》り寄《よ》ろうとするみんなを止《と》めるお父《とう》さんの声《こえ》が、震《ふる》えています。

マツさんたちは、静《しず》かにランタンに近《ちか》づきました。

もう大丈夫《だいじょうぶ》です。

「ランタン！」

マツさんは体《からだ》に抱《だ》きつきます。

ランタンの体《からだ》は、しっとりと汗《あせ》をかいていました。どれほど急《いそ》いでここにたどりついたのでしょう。

「やっとけえってきたな」

「もう大丈夫《だいじょうぶ》だからな」

みんなは泣《な》きながら、ランタンに話《はな》しかけ、体《からだ》にさわってはなれません。

貢《みつぎ》さんは、お風呂《ふろ》のお湯《ゆ》をくんできて、ランタンの足《あし》を湿布《しっぷ》し、体《からだ》をふいてやりました。

ランタンが戦争《せんそう》に連《つ》れていかれてから八年《ねん》がたっています。

マツさんも十六歳《さい》になっていました。

ランタンはおらをおぼえているだろうか？　そう思《おも》いながら、マツさんは、ランタンの顔《かお》のほうに回《まわ》りこみました。

ランタンの顔《かお》を見《み》たとき、マツさんは、「あっ」思《おも》わず息《いき》をのみました。

「ランタンが、ランタンが……」

もう言葉《ことば》になりません。マツさんは声《こえ》を上《あ》げて泣《な》きだしました。

提灯《ちょうちん》の明《あ》かりの中《なか》で、ランタンの目《め》に、光《ひか》る涙《なみだ》が、はっきりと見《み》えました。


次《つぎ》の日《ひ》、マツさんはお父《とう》さんとユリ子《こ》さんと一緒《いっしょ》に、ランタンの散歩《さんぽ》にいきました。

お父《とう》さんが「ランタンに乗《の》ってみるか？」と聞《き》きます。

マツさんとユリ子《こ》さんは顔《かお》を見合《みあ》わせました。

「うん、乗《の》る」ユリ子《こ》さんは元気《げんき》に言《い》います。ユリ子《こ》さんは昨日《きのう》の夜《よる》、ランタンが帰《かえ》ってきたときは、すでに寝《ね》ていて会《あ》えなかったのです。とても残念《ざんねん》がっていました。

「おらは、いい」とマッさん。

お父《とう》さんは、ユリ子《こ》さんを抱《だ》き上《あ》げると、馬《うま》の背《せ》に乗《の》せました。鞍《くら》も何《なに》もつけていない背中《せなか》でも、ユリ子《こ》さんはこわがるようすもなくうれしそうです。

戦争中《せんそうちゅう》は軍馬《ぐんば》勝山号《かつやまごう》と呼《よ》ばれ、部隊長《ぶたいちょう》を乗《の》せました。

いまランタンにもどり、おかっぱ頭《あたま》のユリ子《こ》さんを乗《の》せているのです。

ランタンもここを出《で》ていったときより、一回《ひとまわ》りも大《おお》きくたくましくなっていました。

マッさんはどきっとしました。

昨日《きのう》は気《き》がつかなかったのですが、明《あか》るい日《ひ》の光《ひかり》の中《なか》で見《み》ると、ランタンの体《からだ》にいくつもの傷跡《きずあと》が見《み》えました。

くびすじに、背中《せなか》に、お尻《しり》の上《うえ》のほうにも、そして額《ひたい》に。

毛《け》がそこだけ白《しろ》くなっているところもありました。

ああ、こんなにも傷《きず》ついていたんだ。

新聞《しんぶん》でははなばなしく「不死身《ふじみ》の馬《うま》」などと、書《か》かれていました。でも血《ち》を流《なが》し、肉《にく》がさけ、痛《いた》い苦《くる》しい思《おも》いをしてきたのです。それを口《くち》に出《だ》して言《い》うこともできないのです。

「ランタン、ごめんな。ごめんな」

マツさんはランタンにあやまらないではいられませんでした。

ランタンは、やさしい目《め》をして耳《みみ》をそばだてます。そしてゆっくりマツさんたちと、田《た》んぼ道《みち》を歩《ある》いていきました。

二年後《ねんご》、ランタンは戦争《せんそう》のときの傷《きず》が元《もと》で亡《な》くなりました。

その亡骸《なきがら》は、マツさんのうちの裏山《うらやま》に葬《ほうむ》られました。こんもりと盛《も》り上《あ》がった新《あたら》しい土《つち》の山《やま》。貢《みつぎ》さんは「軍馬《ぐんば》　勝山号之墓《かつやまごうのはか》」と書《か》いた柱《はしら》を立《た》てました。

それはもう二度《にど》と「軍馬《ぐんば》」という名前《なまえ》の馬《うま》が出《で》ないことを願《ねが》って書《か》いたものでした。

あとがき

日本《にほん》は一九三七年《ねん》（昭和《しょうわ》十二年《ねん》）、中国《ちゅうごく》と戦争《せんそう》を始《はじ》めました。

まだ自動車《じどうしゃ》もあまりない時代《じだい》、荷物《にもつ》を運《はこ》んだり人《ひと》を乗《の》せたりするため、日本中《にほんじゅう》から馬《うま》が集《あつ》められました。そして船《ふね》で中国大陸《ちゅうごくたいりく》に渡《わた》っていきました。その数《かず》は、百五十万《まん》頭《とう》とも言《い》われています。

戦争《せんそう》は長期化《ちょうきか》して、一九四一年《ねん》、太平洋戦争《たいへいようせんそう》に発展《はってん》しました。

多《おお》くの馬《うま》は戦《たたか》いで命《いのち》を落《お》とし、敗戦後《はいせんご》は大陸《たいりく》に置《お》き去《ざ》りにされ、または殺処分《さつしょぶん》されました。

心《こころ》を引《ひ》き裂《さ》かれるような思《おも》いで送《おく》り出《だ》した飼《か》い主《ぬし》は、そのことを知《し》ったらどんなにくやしく悲《かな》しく思《おも》ったでしょう。

ところが一頭《とう》、戦場《せんじょう》から日本《にほん》に帰《かえ》ってきた馬《うま》がいました。

それが軍馬《ぐんば》・勝山号《かつやまごう》でした。

二〇一七年《ねん》（平成《へいせい》二十九年《ねん》）、川崎市《かわさきし》の「かわさき市民《しみん》アカデミー」で、〈軍馬《ぐんば》「勝《かつ》山号《やまごう》」の謎《なぞ》を探《さぐ》る〉という講座《こうざ》がありました。

私《わたし》はそこで初《はじ》めて戦争《せんそう》に馬《うま》が使《つか》われたこと、そして勝山号《かつやまごう》を知《し》りました。

馬《うま》が大陸《たいりく》から自分《じぶん》だけで帰《かえ》ることは不可能《ふかのう》です。戦争《せんそう》の宣伝《せんでん》のために、作《つく》られたものだろうと思《おも》っていました。

しかし、調《しら》べていくうちに確《たし》かに〈奇跡《きせき》の馬《うま》〉と言《い》われる運命《うんめい》をたどったことが、わかってきました。

お話《はなし》の中《なか》に出《で》てくるマツさんのお兄《にい》さんの貢《みつぎ》さんが、ランタンの事《こと》を書《か》いた『遠《とお》い嘶《いなな》き　軍馬勝山号回想記《ぐんばかつやまごうかいそうき》』（伊藤貢氏著《いとうみつぎしちょ》）という本《ほん》があります。ランタンに対《たい》する家《か》族《ぞく》の愛《あい》、また二度《にど》と戦争《せんそう》がないように、軍馬《ぐんば》という名《な》が使《つか》われないようにとの貢《みつぎ》さんの思《おも》いが、切々《せつせつ》と伝《つた》わって来《き》ます。「遠《とお》い嘶《いなな》き」との出会《であ》いがなければ、私《わたし》はこの本《ほん》を書《か》くことはなかったと思《おも》います。

当時《とうじ》の資料《しりょう》や関係者《かんけいしゃ》の取材《しゅざい》をもとに書《か》きましたが、わかりやすくするために、作者《さくしゃ》の創作《そうさく》した場面《ばめん》、セリフもあります。特《とく》に方言《ほうげん》を含《ふく》む言葉《ことば》づかいも、実際《じっさい》とは違《ちが》うところもあると思《おも》います。

戦争《せんそう》を体験《たいけん》した人《ひと》が少《すく》なくなっている現代《げんだい》、子《こ》どもたちに、戦争《せんそう》を伝《つた》える事《こと》ができれば幸《さいわ》いです。

また戦争中《せんそうちゅう》に出版《しゅっぱん》された『聖戦第一《せいせんだいいち》の殊勲馬《しゅくんば》勝山号《かつやまごう》』（小池政雄《こいけまさお》氏著《しちょ》）をお借《か》りすることができました。勝山号《かつやまごう》の目《め》を通《とお》して、戦場《せんじょう》のようすが生々《なまなま》しく書《か》かれていました。今《いま》は入手困難《にゅうしゅこんなん》な、二冊《さつ》の本《ほん》に出会《であ》えたことによって、この本《ほん》が生《う》まれました。

終戦《しゅうせん》になって、日本《にほん》に残《のこ》っていた馬《うま》たちは、民間《みんかん》に払《はら》い下《さ》げられたと言《い》われていますが、食糧難《しょくりょうなん》の中《なか》、悲惨《ひさん》な最期《さいご》だったようです。

その中《なか》で、勝山号《かつやまごう》だけが、終戦《しゅうせん》の数日前《すうじつまえ》にひそかにかくまわれ、戦後《せんご》の混乱《こんらん》の中《なか》、飼《か》い主《ぬし》の息子《むすこ》貢《みつぎ》さんに伴《ともな》われ、貨車《かしゃ》で故郷岩手《こきょういわて》に帰《かえ》っていきました。

まさに奇跡《きせき》です。

生《い》きているのが不思議《ふしぎ》だ、と言《い》われるほどの傷《きず》を負《お》い、日本《にほん》に帰《かえ》ってきた勝山号《かつやまごう》、ランタンは、死《し》んでいった多《おお》くの軍馬《ぐんば》の代表《だいひょう》として、戦争《せんそう》の恐《おそ》ろしさ、悲惨《ひさん》さ、残酷《ざんこく》さを全身《ぜんしん》で伝《つた》えようとしているのかもしれません。

勝山号《かつやまごう》に関《かか》わりのある方々《かたがた》に、貴重《きちょう》な資料《しりょう》を貸《か》していただき、この本《ほん》を書《か》くことができました。

心《こころ》から感謝《かんしゃ》いたします。ありがとうございました。

この本《ほん》が、少《すこ》しでも平和《へいわ》のために役立《やくだ》つようにと祈《いの》ります。

※なお、戦地《せんち》から帰《かえ》ってきたのは、勝山号《かつやまごう》一頭《とう》だけ、と言《い》われていますが、ほかにも多《おお》くの軍馬《ぐんば》が帰《かえ》ってきたそうです。そして戦後《せんご》には、功績《こうせき》のあった馬《うま》の世話《せわ》をする団《だん》体《たい》もあったそうです。

ただ、終戦後《しゅうせんご》に自分《じぶん》の家《いえ》まで帰《かえ》ることのできた馬《うま》は、勝山号《かつやまごう》・ランタンだけでした。

おもな参考文献

『遠い嘶き　軍馬勝山号回想記』伊藤貢／著　江刺文化懇話会
「軍馬勝山号の軌跡（連載）」小玉克幸／著『胆江日日新聞』平成十九年六月〜十一月
『聖戦第一の殊勲馬勝山号』小池政雄／著　鶴書房
『遥かなる蹄音――江刺の馬事文化――』相原康二監修　えさし郷土文化館
『わたしたちの戦争体験　1戦場』日本児童文芸家協会／著　学研教育出版
『わたしたちの戦争体験　2家族』日本児童文芸家協会／著　学研教育出版
『わたしたちの戦争体験　5空襲』日本児童文芸家協会／著　学研教育出版
『別冊歴史読本　兵隊たちの陸軍史』新人物往来社
『中国・ニコバル諸島転戦記』加藤国男／著　旺史社
『岩手県の百年』長江好道ほか／著　山川出版社
『戦火と死の島に生きる　太平洋戦・サイパン島全滅の記録』菅野静子／著　偕成社
『軍馬と楕円球』中野慶／著　かもがわ出版
『兵隊さんに愛されたヒョウのハチ』祓川学／著　伏木ありさ／絵　ハート出版
『子どもたちへ、今こそ伝える戦争　子どもの本の作家たち19人の真実』長新太、和歌山静子、那須正幹、長野ヒデ子、おぼまこと、立原えりか、田島征三、山下明生、いわむらかずお、三木卓、

間所ひさこ、今江祥智、杉浦範茂、那須田稔、井上洋介、森山京、かこさとし、岡野薫子、田畑精一／著　講談社
『火の壁をくぐったヤギ』岩崎京子／著　田代三善／絵　国土社
『二せきの魚雷艇』坪田理基男／著　津田光郎／絵　国土社
『ゾウのいない動物園　上野動物園ジョン、トンキー、花子の物語』岩貞るみこ／著　真斗／絵　講談社青い鳥文庫
『象のいない動物園』斉藤憐／著　木佐森隆平／絵　偕成社
『子ども観の戦後史』野本三吉／著　現代書館
『マジック・ツリーハウス探険ガイド　馬は友だち！』メアリー・ポープ・オズボーン、ナタリー・ポープ・ボイス／著　高畑智子／訳　KADOKAWA
『ほんとうにあった戦争と平和の話』野上暁／監修　講談社青い鳥文庫
『やけあとの競馬うま』木暮正夫／著　おぼまこと／絵　国土社
『戦場に連れていかれた動物たち』東海林次男／著　汐文社
『戦争に利用された動物たち』東海林次男／著　汐文社

いしいゆみ　作
いしい・ゆみ／日本児童文学者協会会員。創作集団プロミネンス会員。著書に、『無人島で、よりよい生活!』、『君たちには話そう』がある。

大庭賢哉　絵
おおば・けんや／イラストレーター、漫画家。作品に『トマとエマのとどけもの』『トマとエマのめいろの国』『トモネン』『屋根裏の小さな部屋』などがあるほか、装画を手掛けた主な作品に「シノダ!」シリーズ、「ナースコール!」シリーズ、『トンネルの森1945』など多数。

戦争《せんそう》にいったうま［改訂版《かいていばん》］
2020年 6 月 1 日　初版第1刷発行
2020年 11 月 24 日　改訂第1版第1刷発行

作　者　いしいゆみ
画　家　大庭賢哉
発行者　松岡佑子
発行所　株式会社静山社
〒102-0073　東京都千代田区九段北 1-15-15
電話 03-5210-7221
https://www.sayzansha.com
印刷・製本　中央精版印刷株式会社
装　丁　城所潤（ジュン・キドコロ・デザイン）
編　集　荻原華林

ISBN978-4-86389-599-7